杉堂通信《さんどうつうしん》

Sada Michiaki

定 道明

編集工房ノア

杉堂通信

装画　若林朋美
装幀　森本良成

杉堂通信

二月六日（二〇一四）

今朝、杉堂《さんどう》に垂れ下がった氷柱を測ってみたら一メートル三〇センチもありました。こんなに長い氷柱はとんと記憶にありません。昔々、子供の頃は何日も連続して、びくともしない氷柱が下がっていたことを記憶するのですが、これとて、一メートル三〇センチもあったのかどうか、今となってはさっぱりです。あれを、納屋から持ち出した鍬の先でコツンと打ち落として快感を味わいました。太い氷柱になると片手では握られなかったのですが、たまに口にほおばって水分を補給したものでした。子供の体は熱かったのでしょう。朝から雪の中を転げ回っていたのですから。とにかく、氷柱となると打ち落としたくなったものです。軒下の何十本もの氷柱にやみくもに挑むというのは、子供心に攻撃心のようなものを掻き立てていただろうと思います。

ところが、或る日夕方になって帰宅してみると、一本の氷柱も下がっていなかったのは驚きでした。日中の気温が急上昇したのが原因であることは間違いのないところですが、逆にあれだけの氷柱が下がっていたのが嘘ではなかったのか、という所へ気持が行ってしまって空しくなったことを覚えています。おそらくこれが、虚実といったことへの関心の最初ではなかったかと思います。要するに、氷柱がいつの間にやらすっかり姿を消してしまったことにがっかりしてしまったというのが本音なのですが、子供は、何故あんなに雪を待ち続けていたのでしょうか。今ここに私は、子供達と書かずに、単に一人の子供の思い出として書いたのは、少なくとも私は、雪を待ち続けていたことが真実であったと言えるからでした。

夜半に雪隠に起ちます。その度に窓を開けます。するとすぐそこに山茶花の葉っぱがあります。山茶花の葉っぱが白く光っていたので雪だと思ったら、それが月光の反射だったりしてがっかりするのですが、そんなことが何度もあり、そしてついに山茶花の葉っぱに積った初雪に出くわしたりしたのでした。そんな瞬間には、もう一眠りすると雪の朝が現出するのだから、それが待ち切れなくて、息を止めるようにして眠ったものでした。眠ってしまえば、楽しみは、目覚めた時確実に約束されているのです。そんなことを子供の私が知っていたということは、経験則としていつの間にやら自分のものにしていたということでしょう。

雪国に定住して、雪国がいいという人はまずいないでしょう。東京で三〇センチも積もったら大雪です。車も、電車も、空港も、大混乱を来たします。車など、三〇センチも積もらなくても、にっちもさっちもいかない。丸タイヤのままなのですから、あたりまえといえばあたりまえです。雪国では、雪が来る前にまずタイヤの交換をやります。丸タイヤからスタッドレスタイヤに入れ替えるのです。車屋でやれば金もかかります。スタッドレスタイヤはレンタルではないので自分で買って持っていなければなりません。雪のための備えとはそういうことです。スタッドレスもはかないで、東京は雪に弱いのだ、と言うのはちょっとちがうでしょう。備えをしないのだから、弱いのはあたり前です。誰が同情などするものか、ということになります。

三好達治に次の作品があります。

太郎を眠らせ、太郎の屋根に雪ふりつむ。

次郎を眠らせ、次郎の屋根に雪ふりつむ。

これにクレームをつけた人がいます。簡単に言えば、この豪雪の下では、老人と子供の犠牲が強いられているのだ、ということになります。最近の新聞でも、近年雪による老人の死亡率が高くなったと報じています。何だ何だと思ったら、屋根の雪おろしの際足を滑らせて落下する事故が多発しているというのです。雪国の過疎化が進み、家を守る人が老人だけになったためかとも。

元気な人は元気なのでしょうが、古稀を過ぎた私は屋根へ上がる勇気はもはや持ち合わせていません。人を頼もうと思っています。ところが意中のその人も年をとって来ていて、当の本人が、自分もとてもではないから人に頼もうと思っている、と言うのですから処置なしです。考えてみれば、こっちが年とれば、相手も同じように年とるわけですよね。こんなふうにして、老人は無理をして屋根に上がることになるのでしょう。

三好の詩に戻りますが、あれを批判した人は、豪雪には恐怖するとも言っています。そして、雪は美しくない、雪を美しいと言うのは漂泊者の無責任な美学だ。嘘だと思うなら雪国に定住してみたまえ。日本の伝統的な花鳥風詠も、労働を基調とする生活感覚に著しく欠け、雪を美しいとする美学に呼応するものだ。ざっとまあこんなところなのですが、私はこれには充分な敬意を払いながらも異議があります。

定住者でないと、雪の非情がわからないというが、定住者であるために足元の事情がわからないという真実があるからです。灯台下暗しの謂を持ち出すまでもなく、食い物にしても何にしても、それに先祖代々馴染んで来ていると、それが特別であることがよくわからない。

魯山人の『料理王國』に加賀山代の沢庵の話が出ています。

「私の知っている限りでは、山代産の沢庵が一等よいものだと思う。これは、大根が寒国でできたことが主な原因だが、山代のは他のコツもあって、伊勢のものとも違う。（中略）山代のも、多量の糠を使っていて、糠の中から沢庵を掘り出す感があるが、このように糠を多く使用することは、うまい沢庵を作るコツである」

何のことはない、美味い沢庵のコツは糠を大量に使うことだと言うのです。しかしこんなことは、ご当地ではあたりまえのこととして先祖代々受け継がれてきたことなので不思議とも何とも思わない。沢庵の味にしても、そうして漬けた大根が何処のよりも一等よい等と思ったこともない。沢庵の食べ歩き等したことがないから、そんなことは皆目わからない。しかし他所者の魯山人にはわかるというものでしょう。

「東京の沢庵の漬け方は、黄色でカモフラージュされている、うまくない。これは明らかに糠の少ないせいだと言えよう」（同前）

京都の旧家杉本秀太郎家の歳中覚には、大根五十本に糠五升とあるそうな。これにしても東京と大同小異でしょう。こんなことは、他所者の私にはよくわかります。沢庵を漬けるコツは、糠をふんだんに惜しげもなく使うこと。後は塩だけ。こうして漬け込む沢庵に過度の失敗はない。

糠の多寡が沢庵の出来にかかっていると見たのは魯山人の味覚でしょう。魯山人の年譜に拠れば、彼は一九一五年（大四）、三十三歳の時に、山代の須田菁華窯で焼き物の修業をしています。翌年早々には金沢の懐石料理屋「山の尾」に出入りし、料理万般について決定的な影響を受けます。つまり、この頃の魯山人は北陸路に草鞋を脱ぎ、北陸路をよく知る機会を得ていたことがわかります。山代の沢庵の味もこうして知ったことの一つに挙げられるでしょう。

実は、私は沢庵の出来は、糠の多寡で決まること位は魯山人を俟つまでもなく知っていました。沢庵の重しは相当に重いので女手では無理です。そこでこの重しについては男が積むことになるのですが、男によっては一人で何でもかでもやってしまう質の者がいます。人にまかせられない質の者というか、せっかちというか、とにかくちまちましたことが我慢ならないということになると、女人をそっちのけにすることになります。こうしたケースがかならずしも悪い結果を招来するとはかぎらない。女人は沢庵を漬けるのに無尽蔵に米糠を使うだろうか。いくら何でも、そんな突飛で不経済なことはできないというのが女達の相場でしょう。

冬が近付いて来ると、テレビは永平寺の雲水が沢庵を漬けている様子を放映することがあります。恒例のようなものです。巨大な桶にびっしり干し大根を並べ、その上に糠をかけ、塩を振り、まんべんなく均した上を雲水が足で踏みつけています。これを繰り返しながらだんだん積み上げていくのですが、私はあれでは断然糠が少ないと思います。私は永平寺の沢庵を食べたことがありません。しかしおそらく、沢庵さえあれば飯が食べられるといった贅沢はあの糠の分量では期待できない。もっとも永平寺では飯ではなく粥が供されるのですが。

こんなふうにして、山代の沢庵の味は、魯山人が旅人であるからわかったということでしょう。山代の定住者達は、あたり前のものとして食べているから、それが美味いものであることはわかっていたにしても、いかに美味いものであるかはわからなかった。

雪の話に戻します。近所のおかみさんの発言ですが、彼女は雪の日の朝私にこう言ったのです。

「降るもんはいっぺんは降ってもらわんとね」

二度は嫌だが、一度の降雪ならいいというわけです。むしろ、一度の降雪なら歓迎してもいい、という気合いとも取れ、雪国の定住者イコール雪嫌いとはかぎらないことがこれでわかります。子供の頃の、夢にまで見た雪景色が、彼女の中では消えることなく引き継がれているのかもしれません。

二月十四日

Aさん。あなたは、此の頃死の恐怖から、一人で居る時大声で泣くことがあるのだと書いてこられましたね。私達にも他人事でなくなってしまった死については棚上げするとして、私もよく泣くものですから、あなたのお手紙を読んで、実は吃驚もし、慰められもしました。

私はよく泣きます。昨日も、マーケットで、菜花やら、茹でた細うどんやら、新物の若鷺やらを買い込んで、家へ帰って車を車庫へ入れ、玄関に向かう途中にボロボロッとやってしまいました。小説「晩年様式録」の主人公生田は、深夜、自室でウーウーと声を上げて泣きますが、どうしてウーウーになるのでしょう。絶対ワーワーとはならない。私もウーウーです。しぼり上げるようにして泣く。自分でもからっとしないことがよくわかってもワーワーとはならない。息苦しい泣き方です。老耄という言葉がちらつきます。そのくせ声は高い。自分でも嫌になりました。一度などホテルで突然勝手にそれをやって妻から軽蔑されました。恥ずかしいと言うのです。それが証拠に廊下を走る子供の声が聞こえるではないかと。

生田のウーウーは広島から福島にいたる作家自らの半世紀以上に亘る発言を抜きにしては考えられない。何も変っていない。何も変っていないどころか、何一つ思い通りにならない。そんな馬鹿なことがあるものか。それではそれ以外はうまく行っているかというととんでもない。家族の中でも孤立する。絶望と腹立たしさと無力感が綯い交ぜになっているウーウーです。

私のはちがいます。生田の不如意と少しは似ているが、これ以上長生きしてもいいことはないな、と思うことにいろんなことが繋がっています。自分の前立腺癌にしてもそうです。「後五年とか十年とか言われてもどうも」と放射線の医師はさらりと言ったわけですが、このさらりに陰鬱なショックが伴いました。五年とか十年とかの間には随分と開きもあるわけです。そういうことなら殊更年限を切らなくてもいいではないかと思うのです。相当杜撰ではないかと。二年とか三年とかという年限が今となってはとても重いですからね。私の「後何年もちますかね」と軽く聞いたことに対するこれが専門外とはいえ医師の解答なのです。念のために、私のはステージ4であるが5に近い4であるらしいのです。

もう一つのことは、血圧をずっと診て貰っていたクリニックの主治医が、「これからは好きなことをやったらいいと思いますよ」と言ったことに対するショックです。私は黒澤明の「生きる」を思い出してしまったわけです。あそこで、待合室で隣り合わせた患者から「医者から好きなようになさいと言われたら終りですよ」と耳打ちされ、診察後同じような台詞で診断されるシーンに直面して主人公は大ショックを受けるわけですが、あの時代は癌の告知が無かったにせよ、医者の発言があまりに似ていたので私はひっかかったのでした。「俺は好き放題をやって来た心算なのだがなあ、これ以上何をしろというのかなあ」といった感慨と共に、これ以上何もすることがないということになると一巻の終りだ、ということにどう向き合ったらいいのかわからず、私は自分のことではあるがことの成り行きを他人事のように眺める自分がいるのに気付きました。

それから娘が大病をやりました。まだ二人の子供は幼稚園と小学校に入ったばかり。冗談ではない。私は娘はストレスを溜めこみ過ぎたと考えています。根拠があるわけではありません。亭主も、向こうの両親も、驕ることを知らない実直な人達です。その点では私の方が口には出さね、万身驕りの塊といっていいでしょう。こんなことはつき合っていればわかるというものです。ストレスが溜まるのは相手の方でしょう。逬りを受けたのは娘です。長年にわたって娘はストレスを感じて来た。犯人は私ということになります。はるかに私とのつき合いが長かったわけですから。しかしそうはいっても、犯人が私だけとは限らない。私がそう勝手に決め込むのには理由があります。

娘は学生生活を京都で送りました。憧れの大学です。音楽をやりたかったのを断念して行ったので、大学ではサークルで音楽をやりました。最終的には合唱部に入って、そこで私がはらはらするほど活動します。問題はここです。何もはらはらする程活動しなくていい。こんな所に私の驕りに対する向き合い方が秘められていたのではないか。対抗心というとちょっと違うでしょう。反発というともっとちがうでしょう。むしろそんなことは何もなかった、と言った方が当たっているかもしれない。何もなかったけれども、それならばそれで、それが辛かったということはできる。結婚して必要上英会話をマスターする。子供ができればできるでとことんレッスンに明け暮れる。それは私の問題ではない。娘の抱えた問題でしょう。

娘が息子の車に荷物を積めるだけ積んで家を出発した時、車の後ろのシートに座っていた娘はいつまでも私を見続けていました。嬉しそうな表情を一つもせずに、ついに長旅に発って行きました。市中のデパートへ入って一回りすると、もう方角がつかめなくなって、デパートを出た途端途方に暮れるのがこれまでの有様でしたから、にこにこ笑いながら手を振るなんてことは思い付くはずもなかったでしょう。ただその後、私はワーワーとやったのです。初めてです。何故こうなんだろうという私が一方にあり、関係なくワーワーとやる私がいました。結局私は駅へ出て、電車で娘を追うことになります。京都で乗り替えてとんでもない田舎駅に降り立ち、娘のマンションに着いて先着の家人達から呆れられましたが、笑われるというより、無視されたと言った方が当たっていたでしょう。

今になってこのことを思い出すのです。あれは、いったい何だったのだろう。たしかにその時はウーウーではなくてワーワーだった。くもりがなかった。とにかく悲しくて悲しくて、可哀相で可哀相で、心の底が抜けてしまったように声を上げて泣いたのでした。

久し振りで旧友に電話しました。彼は立派な業績を遺した医者です。幼児に対する不用意な注射の結果として筋短縮症患児が出ましたが、彼はこの自主検診団に加わり、懸命な治療活動を展開しました。この活動は当然のことながら当該病院と医師、大学、製薬会社、厚生省を相手として告発するものとなりました。六〇年安保時代の学生運動の表舞台での活躍。それから卒業後の没交渉もあって暫く姿を見ないなと思っていたら、七〇年代に入っていきなり筋短縮症の自主検診団の一員としてテレビに登場したのですから私は思わず声を上げました。同時に、変らんな、と思ったものです。

その彼がさっぱり元気がない。昼だというのに義歯を外しているのか、寝て起きたばかりのように呂律が回らない。体調不良を嘆く言辞を弄しているようにも聞こえる。そして「君はどうなんだい」と返してきました。

「よくないね。前立腺で小線源をやって、更に放射線をやって、どうも尿道の表皮が傷付き易くなったらしい。血尿だよ」

　医者の所見通りのことを口真似して答えます。

「それや駄目だなあ、よくないなあ。今度名古屋で畷五郎の会があるだろう。あの浦島太郎さ。そこで俺は五分間喋る。残念だなあ。君は無理をしない方がいい」

　ちょっと待ってくれ、と言いたくなるのですが、無理をするもしないも、私は名古屋へ行くとも行かぬとも彼に伝えたことがありません。畷五郎については、最晩年になって亡命先の中国から帰国したことを知っている程度です。大丈夫かなということが頭をかすめます。五分間喋ると言うが、喋ってくれと言われたのだろうか、それとも自ら手を挙げたのか。郷里は恵那で畷と共通している。

「悪い悪い。今ブロッコリーを茹でているところなんだ。又そのうちにね。じゃあね」

　慌ただしく彼の電話が切れました。

　私はとても寂しくなりました。呂律が回らない状態でブロッコリーが茹でられるのかな。長生きすることは考えものだ。素敵なことなど何処にもない。悪いことばかりが増えていく。

どうなっているんだろう。彼はブロッコリーを一人で齧りながら、パンなど食べているのだろうか。ブロッコリーが好物であるならそれも悪くはないが、何だかひどく侘しい。学生時代に婚約していた夫人はしっかり者だ。その頃から彼は弟のように見えた。夫人は病院長を最後に、退職してからはずっと老人福祉のＮＰＯの活動に従事している。家庭的というよりは勤労夫人の面影の方がずっと強い。これも、彼女の学生時代から変らないスタイルといえる。夫婦とも、五十年を経過して変らんのだから、今更どうにかなるものではないでしょう。それでいいわけです。彼はブロッコリーを飯代りにしているのかもしれないしね。

一時杳として姿をくらましていた知人が九州にいることが判明し、盛んに書き始めて、彼の文章が載っている雑誌を次々と私にも送ってくれました。

雑誌は、彼を中心に、彼の盟友である女流作家と、彼の研究室の卒業生や院生やゼミの現役学生で立ち上げたものでした。彼はそこへ評論と「喫煙室」と題して随筆を毎号発表していました。「喫煙室」とはいかにも紫煙を燻らしながら仕事をした彼らしいコーナーでありましたが、彼はそんな所にも全力投球していました。暫くすると、彼は八女市に寄贈されたまま手つかずの状態で放置されていた山本健吉資料の正当なあつかいを検討する過程で、山本にマルクス主義体験があったことをつきとめました。その「山本健吉論（二）」は、原稿用紙にして百枚を越え、ささやかな同人雑誌に載せるものとしてはおよそ常識外れの長大評論でありました。彼はそこへ思いの丈をつぎ込もうとしていました。私は感心もし、非常に不安にもなって彼を危惧しました。こんなことを続けていたら彼は確実にアウトだ。この年は雑誌は二回発刊されています。同人雑誌の半期刊はきつい。翌年になって「山本健吉論（三）」が待たれましたが、夏になっても雑誌は発刊されずに彼の突然の訃報に接することになります。

こんな次第でしたが、彼は学生時代からあまりに高名でした。その才能は生得としか言いようがない懐の深い品位に裏打ちされていたもので、この点こそ彼がジャーナリズムに登場した時点で既にスターの風格を兼ね備えていた所以のものでした。彼は全てにあまりにやさしく、謙虚で、かつ情熱的でした。そのために、大抵の感性が滅多に分け入ることができない人の心の悲しみを把えることができ、人はいきなり知らない自分を指摘されて、仰け反り激励を受けるといった具合でした。

雑誌第13号は主宰者の追悼号にもなっているのですが、その編集後記で次のような文章に出会いました。

「七月末、病室を訪ねると、先生は何も言わず微笑んで私の右頬の黒子に触れた。『ほくろですね』と言うと、また、そっとつついた。『ゴミじゃないですよ』と悪戯っぽく私が言うと、ゆっくり『ごみなんかじゃないよ』と口を開き、『これは、昔の人は、星と言ったんだ』と、おっしゃった」

彼はよく泣いたそうです。映画を観て泣く。私は右の文章を読み、同じく彼女の追悼文「青へ」を読み、ウーウーも、ワーワーもなかったけれど涙をこらえることができませんでした。今、こらえる、と書いたのですが、こらえる必要もないので、涙の出るままにまかせました。悲しいなあ。こんな悲しい目に遭うなら、これまで生きているんではなかった。こんな悲しみを知らずにこの世とおさらばしていたらどんなによかっただろう。彼が後から来ればいいのだ。彼のやさしさも、自分に対する非情も、その点では背に腹はかえられなかったものとみえるのです。

二月二十四日

快晴です。二月に入ってから雪に降られるのは嫌ですね。二月の雪は、大雪になる気遣いはないというものの、やっと枝まで緑色になってきた河岸の柳の色素までが後退してしまいそうで、畑の作物にしても青々としてきた菜っ葉の類が凍みてしまいそうで、田舎住いの人間にとっては憂鬱で仕方がありません。

二月の雪については少し説明が要ります。今次の二月の雪は、関東地方に大混乱をもたらしました。軽井沢の塩沢辺りの大混乱も連日テレビが放映していました。あれは、あの程度の雪（一メートル弱の積雪）では、私達雪国の住民はビクともしません。それが大混乱になった。どうもテレビを見るかぎり、自治体に除雪車が少ないか、全く備えがありませんね。自衛隊のスコップ作戦では到底追いつかないでしょう。一週間もドライバー達が閉じ込められたのは可哀相でした。私は子供の頃を思い出していました。大雪で往還がストップします。往還がストップすればするで、往還を人が通ることはあっても、バスや荷車や、滅多に見かけませんでしたが人力等は姿を消しました。このまま二月のかかりまで、往還は根雪の下で息をひそめることになります。さて、二月に入って日の射す頃に村では人足が組織されます。往還の雪割りです。これがスコップによる人海作戦でした。これをやったからといってまだバスが通れるわけではなかったのですが、往還の黒い地膚がむき出しになると、そこからみるみるうちに雪が解けて、村々は交通の途絶から解放されます。

三八豪雪というのがありました。これは私の記憶する最大の豪雪でしたが、この冬は、屋根の雪降ろしではなくて、雪上げをしました。雪から家の屋根を掘り起こすことにやっきになったのです。一月の二十日過ぎから一週間、雪は昼夜休みなく降り続きました。午前中にすっかり掻いた屋根が、午後に反対側の屋根にかかっている間にすっぽり雪に埋まるという毎日でした。灰色の空から、とめどなくサッササッサと音を立てて雪が降り積むさまはまさに恐怖そのものでした。どうしたらいいのかといったことを考える余裕はありませんでした。とにかく雪と格闘することをやめたら、もう一巻の終りだということだけがわかっていることでした。不思議なことに、そうなってくると、屋根を根城にして、家の中へは飯の時だけ通うというパターンが定着して、これに従うのみと覚悟すると気が紛れ楽になりました。要するに、あれこれ考えることをやめることで、今ある現実を突破するという、捨て身の姿勢というか、無私の処世訓のようなものをいつの間にか身に付けたらしいことが自分にもわかりました。

しかし豪雪地帯というのはこんな程度ではないわけでしょう。四、五メートルの積雪に毎年見舞われる地方にもやはり記録的な豪雪というのがあるはずですから、もうこの段階に達すると想像を絶することになり、きりがなくなります。

ここは平均的な雪国の話です。三八豪雪の教訓として、一月二十日過ぎから一週間、雪が降らなければ豪雪はない、というのが大方の知恵、常識になりました。丁度三八豪雪の逆算をしてそういった結論を得たというわけです。だからこれを知る人達は、一月二十日過ぎからの寒波には息を殺しても、二月に入ってからのどんな寒波にも動じなくなりました。二月に入ってからの雪マークには、

「なに、どうってことはないさ」

と言ってうそぶくことができたのです。

今年の二月に入ってからの雪の関東地方に於ける大混乱については、雪国の住民で同情した人はまずいませんでした。いないどころか、何やってんだ、というのが相場で、そこにはかなりの意地悪と冷笑が籠められているものでした。これに敏感に応じたのが「天声人語」で、いや東京は雪に弱いのだ、というのがその趣旨でした。これではぐらかしというもので、言い訳にもなっていません。

蕗の薹を採って、天ぷらや味噌にした後で降雪をみるのはうんざりだ。同じ日本海側に住む知人からも電話がかかります。彼の電話は山菜に関するものが多い。日課と

している毎日の途方もない山歩きがてらに採って来る山菜がとても自慢なのです。彼は自分で料理して自分が食べる。料理といっても、蕨などは単に茹でてひたしものにして食べる。こんなものでも買うと高いんだ、というのが彼の口癖ですが、他人事ながら毎日がひたしもので大丈夫なのかと余計な心配をします。どうも彼は嬉々として山菜を採って来る。これはわからぬことはない。かたきのようにして山菜を採る。そういう経験が私にもあったからでした。しかし子供時分のことです。蕨の群生地などに出くわしたりすると、心臓が高鳴り胸が張り裂けそうになったものです。電話をかけてくる彼が少年のように見えます。あくまで貪欲で、我を忘れて蕨を採る少年の姿は私のものです。少年の私は決して蕨が好物ではありませんでした。ただやみくもに蕨を採り尽くすまで我慢がならなかったという一事によって山中を這いずり廻っていたものです。一本の蕨も残さずに採り尽くすという私の性癖と執念は、まちがいなく私の飢餓に遠因があります。

前置きが長くなりました。

快晴を心から慈しむようにして一人の男が玄関に現われました。小中学校通しての同級生です。「こんな日になると年寄りは嬉しうてのう。お互いにのう」と言って、彼はクラス会について話し始めました。以下は彼の話し込んだことを大体そのまま写したものです。その方が味というか、臨場感があっていいと思ったからです。

Aさん。たまに田舎言葉につき合って下さい。私は彼の真似はできません。多感な時期に田舎を四年間留守にしていたのが響いています。しかし多分写すことはできます。蘇るからです。

「この前のが古稀、七十じゃの。あれは大部集まった。あれから五年経って、やっぱしいろんなことがあったでの。古稀の会を計画してくれた末田君があっちの方へ逝ってしもうたやろ。それから長五郎君やろ。長五郎君なんかクラス会に出とうて出とうて仕方がなかったたんじゃわの。そやけど車椅子ではどもならんしね。連れて来てもらわんとあかんでの。面倒なこっちゃ。我々がつくわけにもいかん。何かあってもことやし。今から思うと変なことがあったんじゃわの。長五郎君がどうしても会いたいと言うんでとにかく行ったんじゃ。そうしたら本人は元気潑剌、ワッハッハワッハッハでわしの方が圧倒されてしもうての。寝てはいるざ。寝てはいるがいったい何処が悪いんやらと思うて。人を呼ぶんならもうあかんという時にしてくれと言うたんじゃ。そうしたら、わかったわかったというわけよ。それがさ、その年のうちにぽっくり逝ってしもうたでの。何とも哀れで、あんなことなら嫌味を言わねやよかったと後悔したけれど後の祭りよ。虫の知らせというのかの。長五郎君もまさかそんなことになるとは思ってもいなかったと思うよ。豪傑だもの。何せそんなこっちゃ。よう嫌んなってしもうた。ところがさ、今度は末田君が長五郎君の後を追うようにして逝ってしもうた。これまでずっと末田君が物故者の黙禱を取り仕切ってきたじゃろ。今度末田君が逝って末田君の黙禱を取り仕切る者がいないというんでは故人に対して申し訳が立たんというもんでないかいや。これはどうしてもやらなならん。他からもそう言う声がある。当番としては本堂に男が三人も生き残っていることでもあるし、何じゃかんじゃと言うて大村の住人は無理無体を通してきたしの。女の子は別じゃざ。それで今度のクラス会は本堂に七人いた男共のうち生き残った我々三人でやらしてもらうことにしたでの。ほんでいいけの。古稀と喜寿の間にもう一つやっておかんと、今言った通りじゃ、いつ何時ぽっくり逝ってしまうかも知れんでの。喜寿は喜寿よ。そこまで皆んなで行けたら万々歳じゃろ。その前にもう一つ、古稀と喜寿のつなぎじゃの。上手い言い方があるもんじゃと思うて。そして最後に八十の傘寿。米寿はもうあかんでの。やる者もいるかいないかわからんし、来る者もいない。集まっても淋しすぎるというんではやらんほうがいいしの。本当はすぐにでもと思うたんだが、わしの体がもう一つはっきりせんので手術を受けることにした。大腸じゃ。それでクラス会は四月に入ってから、温うなってからということにしたんじゃ。勝手な理由でご免の。いや他の人にもいろいろあっての。圭介君の年賀状が代筆じゃったやろ。覚えてならんか。どっか悪いにきまってる。あれも熱心な男で、地区の方言集があったら送ってくれと言うて来たことがあっての。地区だけの方言集なんてあるはずがないしの。お医者さんが道楽で作った方言集を公民館で見かけたことがあったので全頁コピーして送ってやったら、まあどえらい喜びようでの。しかし彼は古稀の時は来れんかった。そして今年の年賀状代筆。悪うて家族に聞かれもせんがいの。竹島君は君も知ってる通り前回車椅子じゃった。もともと口数の少ない男だがほとんど喋らずににこにこしていた。竹島君はずっと来なくて、古稀の時に初めて顔を出した。古稀というのは古来からのものでやはり目安になるんじゃね。そこへ出られればもうそれで充分。冥土への土産。思い遺すことなし。何だかそんな気がしてね。思いあぐねて兄さんに電話で聞いたのよ。兄さんというのは県庁の総務部長までしてたしね。そうしたら兄さんは案内の葉書は出さんとおいてくれということじゃった。本人は出たがるからだろうな。

それから里美ちゃんの消息知ってるか。これがつかめんのよ。誰も知らない。いや前の住所から動いているんだね。こっちの村の身内は絶えてしまっているから打つ手なしよ。里美ちゃんは疎開者だったが元気がよかった。ずっと前の泰澄の杜のクラス会だったが担任に喰ってかかっていた。要は、自分のピアノをなんで退けたのか覚えていなさるかと。転校生だったので途中からでは合奏部に入れんかったんだね。きつい調子だったな。側で聞いていてはらはらした。ただ救われたのは、先生の方にかなり惚けが来ていて、何のために肚を立てているのかわからなかったと思うよ。疎開者で卒業するまでクラスにいたのは里美ちゃんだけだったからこれは別格というもんよ。疎開者は皆んな途中でいつの間にやらいなくなったし、送別会も何もしたことがないしな。考えてみると、卒業するまで村にいた疎開者が仕合わせだったのか、途中で町へ帰って行った疎開者が仕合わせだったのか、そんなことはわからんね。

いろいろ旅館は当たってみた。一万円で、しかも各駅停車で来てくれる無料の送迎バスを仕立ててくれる旅館は一軒しかなかった。その代り片山潟まで行かんならん。地元を通り越して片山潟とは何じゃいということになるが、事情は各駅停車の送迎にかかってくる。男は一人でも車を運転して行けるが、問題は女の子じゃ。亭主に送ってもらえばいいと思うかも知れんが、その亭主がもういないのが多いのよ。我々は何でもかんでも同級生ということで考える。会えば会うで皆んなちゃん付けよ。同い年というものはつくづくいいもんよ。苦労してきたことが同じなんだもの。家の中では誰も相手にしてくれなくても同級生だけは相手にしてくれる。ただ女の子の亭主ということになると、これはわしらより年とっているのがほとんどじゃろ。わしらの嫁は女の子より若いのがほとんど。そこが同じ同級生でも男と女ではてんで違う。女の子の方ができているのがあたりまえで、わしらはその点いつまで経っても女の子の前では子供じゃね。とにかく送迎バスは各駅停車で迎えに来てくれることになったでの。女の子にしても気が楽じゃろ。男にしても片山潟まで一走りという歳ではなかろう。今、村の中はこうして案内状を手渡しで歩いているんじゃ。顔を見て確認を取りたいしの。君は体大丈夫か。クラス会まではあっちへ逝かんといてくれ」

二月二十八日

Aさん。今日は家の前の大川に架かっている赤い橋について書きます。赤い橋は新しい橋です。大川の右岸に拡がる田園地帯と、左岸の小さな山の裾野を結ぶ橋です。この小さな山の裾野の先には、火葬炉十基を構える霊苑があります。従来の霊苑は町なかにあり、そこからこっちへ移転して来たものです。そのために赤い橋ができました。橋は死者を運ぶためのもので、霊苑の計画がなければ初めからなかったものでした。ですから、誰もそんなことは口に出しませんが、赤い橋を毎日眺めている人達にしてみれば特別の橋で、死者を連想する橋ということになります。私達も車で橋を通ります。黒いベンツやシルバーグレーのベンツとすれ違います。あの胴長短足はどうにも好きになれませんが、きんきらきんの霊柩車よりましかなと思ったのもつかの間、ベンツばかりになってしまうとやはり嫌なものでした。そしてかならずベンツの後ろに○○様御一同というステッカーを貼ったバスが従います。この取り合わせは例外がありません。バスが中型か大型かの違いだけです。こうなってくると何もかもが一緒です。ステロタイプです。葬送の儀式を含めて首尾一貫したステロタイプということでしょう。どんな道を歩いて、どんな景色の空気を吸って、という所が全くありません。全て運ばれて行くのです。死者も生者も同じように運ばれて行くのです。そんな馬鹿なことがありますか。どうかしています。死人に口なしということですか。黙っていると塩まで撒かれますよ。御一行の中で、一人や二人ぐらい、卓をひっくり返す癇癪持ちがいたとしたらどんなに痛快でしょう。

赤い橋の左岸の河川敷には花菖蒲、堤の際は胡桃の細く長い林。私の自称する所謂モネとセザンヌの風景ですが、それらはいずれも人の手によるものではなく自然に出来たものです。この野放しの風景は夏ともなると小鳥たちの楽園にもなって、けたたましい囀りが堤を行く人達の耳を聾します。そして右岸の河川敷はゴッホ。こっちの方は人工的な麦畠と稲田。こう書いてきて、我ながらいい気なもんだと思わぬわけではないのですが、死者が最後の橋を渡る時見る風景として、むしろ押し出してみたい気がします。晴れた日などは、橋の上から、白山、別山の全容がくっきりと見えます。いっさいの障害物なしです。

町なかにあった時の霊苑は火葬場といったものでした。高い煙突から煙が立ち登る火葬場の記憶は私にもあり、それなりに覚悟を強いられるものとして、友人の若い細君も送りました。私はたまらなくなって外へ出ると、玄関のわきの桜の古木が真っ赤に紅葉していて目に飛び込んできました。夕刻であったために、折からの西日が紅葉を煽っていました。私は美しいと思いました。故人は鮮やかな気持の人だったので、彼女を送るにはふさわしい色彩だと思いました。それまで気付かなかったのですが、桜の木の下に向こう向きに黒い人影が立っていて、男は溢れる涙を袖で拭っていました。彼はおそらく自分一人が外へ出ていると思っていたと思います。あられもない取り乱しようでした。私は彼を残して、又そっと式場に戻って行きました。

高い煙突の煙については別の記憶もあります。義父を送る時、私達は焼き場の近くで煙突の煙を見ていました。その頃の施設は一応霊苑の設備を完備しながら、まだ煙突があり、死者を焼く煙が出ていました。

「嗚呼、お父様が空に消えて行く」

妻がそう言って父の死を納得しようとしていたことを思い出します。連日霜柱が立つような日であったので、煙突からの煙は薄く横に棚引く案配でした。

私は満一歳になったばかりの妹を村の火葬場で焼きました。杉葉に火を点けたのは私でした。父が出征中であったからです。彼女は病気をしていました。今となっては何とも確証がないのですが、病気の妹が赤い着物姿で立っていたことでした。私はひどいことを言います。彼女は悲しそうな表情をしました。えんえんと泣いていたのかもしれません。辛かったのだと思います。私が平常心を持って語れるのはここまでです。

　妹の骨を拾ったのは、私と母と外祖父母の四人です。竹の箸の先で、骨かと思ってつまむと、折からの風に吹かれて、箸の先のものが微かな白い糸を引いてたちまちのうちにかき消されてしまうのでした。そしてこのような様子なら、私はまだいくらかは語ることができるかもしれません。様子は、心情とはちがいますからね。とにかく、妹について、情にかかわるものはいけません。私はこうして何度懺悔してきたことでしょう。しかし神は赦して下さらない。神も赦して下さらないことがあるのだ、というのが私の理解です。私が死を待ち侘びることがあるとすれば、まさにこの一事にかかわります。死が私の魂を奪うと信じているからです。

　赤い橋がもっとポピュラーになって、誰かが写生してくれないかなと考えたことがあります。小学生なんかが先生に引率されて来て、いっせいに赤い橋を描き始める。出来上がった作品を並べるといろんな赤い橋がある。こんな展示会を私は空想したことがあります。子供と赤い橋。何だかそれだけでも絵になりそうな風景。

　ところで、この赤い橋を写生している人に出くわしました。吃驚しました。現実にそんな人が現われようとは。

私は暫く彼の傍らに立っていました。絵はまだデッサンの段階で、色が落としてありませんでした。彼の方から話しかけてきました。五十前後の痩せた眼鏡をかけた男です。

「母親がこの橋を渡って行ったはずでしてね。私は外国にいて見送ることできなかったものですから、記念に何かないものかとここまで来てしまったというわけです。送る道を締めくくるにはいい橋ですね。人は最期に橋を渡る、そんな故事なかったですかね。いやなくてもいいんですよ。母親がそうであったことで私は充分なんです」

私から彼に話しかけることは何もありませんでした。私はそれから、彼に一礼をしてセザンヌの風景の中へ入って行きました。

三月八日

少し雪が降りました。十センチ程もあるでしょうか。道路ではもはや雪の跡形もないのですが、公園の芝生などでは昼近くなってもまだしっかり残っています。気温の上昇がないからでしょう。私は公園のレストランの窓際にすわって雪景色をいつまでも眺めています。芝生の向こうには城址の規矩正しい石垣が横に長く平行して延びています。これがなかなか見応えがあります。彦根城の石垣を見た時もそうでしたが、石垣自体が造形になっている。だから何度眺めても飽きることがありません。石垣の上の建築物などどうでもいいのです。石工の執念とはそういうものでしょう。石垣だけの出来に賭ける。

何もすることがない私は、今日のように予期せぬ雪に降られてしまったのでは、一念発起した庭作りというわけにもいかず、コーヒー一杯を注文してぼーとしていたのでした。自由といえば自由、為す術なしといえば為す術なしといった、中ぶらりんの気持をいつまでも引きずりながら、ここで半日を過ごすつもりでいたのです。すると目の前に動画のような光景が飛び込んできました。

一人の、やっと歩けるばかりになった子供が、芝生の雪の上をずっと歩いて来たのです。子供は、頭から足首まで毛糸で被われているような格好で、見るからに温くそうで雪の上を自由自在に歩いています。小鳥が雪の上を際限なく歩き回るのに似ていて、よちよち歩きのようで決して転ばず、歩いているというよりはつんのめりに走っているといった方があたっているでしょう。よく見ると、若い父親が子供につかず離れずついているのがよくわかります。父親は小さなカメラを持っていて、たまにそれを覗き込みます。

私は先程から感心していたのですが、この父親は、子供との距離の取り方が実に絶妙なのです。これは計算づくではないでしょう。子供と日頃接していて、いつの間にか自然にそうなってしまった。呼吸のような関係。それがこの父子には備わっています。

子供が雪の上を駆けて来る。父親は待ってなんかいない。右手の方へ動いて行く。右手の方角に家があるのだろうか。子供はそれとは無関係に左手の方へ駆け出す。今歩いて来た方へ逆戻りだ。父親も歩き出したばかりなので、子供の方を振り返らない。そのために父親と子供の距離はみるみるうちにかけ離れる。どこかでこんなスチール写真を見たことがあったな、と私は思うのですが、あれは、男と女だったかもしれません。そこには孤独のようなものがあった。すれ違い、意地っ張り、そんな若者特有の特権のようなものがあった。何かそこに贅沢な自由があった。

子供はどんどん左手の方へ駆けて行きます。父親は気付かない。二人の姿がスクリーンから消えてしまう。そのために、父親なら父親だけを、子供なら子供だけを捉えないことには私の目線が裂けてしまう。はらはらする。

思い切り駆けて行った子供が戻って来る。父親も気付いて待っている。早く来いとも言わない。気長に待っている。そのまま立っているだけだ。子供は父親の方へ行くつもりがないらしく、とにかく雪の上を縦横に駆けている。こうしていつかは疲れてくるのだろう。疲れて、足がもたついて、子供自身にもどうして足がもたついてきたのかわからないまま、その場にへたり込んだ時、父親はひょいと子供を担ぎ上げるのだろう。

私はそうした光景を眺めながらうっすらと涙が出てきたのでした。娘に対して、そうした関係と接し方をしたことあっただろうか。時間がなかったのだろうか。時間はいっぱいあった。ただそんなことに充てる時間を持たなかった。

私が娘に言ってきたことは、ダメダメだけであったと思います。何故そういうことになったのかは、よく考えてみるとわかりません。私の心の問題としか言いようがない。余裕がなく狭いのです。もっと悪いことに、ダメダメを娘によかれと思って言っていることです。断じて私のエゴのためではない。これは今思い返してみてもまちがいのないところでしょう。

ダメダメはストレスになったでしょう。積もり積れば、肉体的ににっちもさっちも行かなくなってしまい、軋んでくるということになった。肉体が上げる悲鳴というのが癌というものにちがいない。

私はその時耳を覆いたくなったのです。そして私はこんなことを考えました。娘はストレスの溜まった部分を切り捨てて、やっと逃げ出すことができたのだ。代償は大きかったが、私を切り捨てることによって命拾いをした。それにしてもあまりに大きい代償、取り返しのつかない代価を娘は支払わなければならなかった。原因は私にある。

大学に入って最初娘はハーモニカクラブに入ると言ってきました。私の頭の中にすぐ街のサンドイッチマンの姿がよぎりました。サークルに入るなら、オケか合唱部に入ったらどうか。音大にも願書を出していたのだから。というのが私のダメ出しの理由でした。的外れであるとは思いませんでした。

「だってハーモニカクラブのお姉さんに昼食驕ってもらってしまったしなあ」

「ちゃんと説明すればいいじゃないか。わかってくれるよ」

「そうかなあ」

そう言いながら娘は合唱部に入りました。高校の合唱部ではピアノ伴奏ばかりさせられて胃の調子を崩すことがあったので、これだけは敬遠するのかと思ったがそうでもありませんでした。娘は四年間を合唱部で過ごしました。友達も、学部の友達はできなかったが、コンクールでは全国を股に掛けて遠征しました。結婚式では、彼等の即興のコーラスが美しいハーモニーを奏でました。

私は心からよかったなあと思ったのでしたが、娘の方ではどうだったのでしょう。もっと気楽な場所というのがあったのかもしれない。一歩を退くことによって、そこにも又ゆるぎない人生のコースがあるはずなのですから。

娘は結婚の相手を決める時にも手こずりました。あれは嫌だ、これは嫌だ、どうしても嫌だ。人は学歴ではないし家柄でもない。本人がよければそれでよい。そう言いながら、娘は自分で相手を選ぶことは絶対にしませんでした。年もくってくる。そうのんびりと構えることもできない、と親は思う。人様が話を持って来る。会うだけでも会ってみるか、ということになる。帰るなり嫌だと言う。ここで学歴ではないし家柄ではない、が出る。取り付く島もない。今から考えると、娘は年の開きがある男を徹底して避けていました。学歴ではないし家柄ではないは、その方便でありました。

娘の後に退けない抵抗であったのかもしれません。何故年の開きがある男を嫌い続けたのかは今もって私にはわかりません。娘が言わなかったからです。考えてみると、そんなことに無頓着に、よかれと思う相手を薦め続けたことは娘のストレスになっていたでしょう。いつもこちらはよかれと思っている。そう思うこと自体が娘にとってはストレスになっていたのではないか。

しかし、と私は考えます。住む世界の問題です。住む世界をお互いはき違えていたのでは、これは初めからどうしようもない。議論は平行線をたどるばかりであるし、とことん自己主張に固執するつもりならば勝手にしろということになります。

私はまだ雪の芝生を眺めていました。子供が歩いた足跡だけが見えています。しかもつい先程まで子供が歩き回っていた姿が残っています。ずっと目線を右手の方に移すと、父親の姿もあります。ただ父子の姿はモノクロになっていつまでも静止していきます。原因がわかりました。よく見ると、石垣も、その上の鬱蒼とした森のたたずまいも、モノクロで静止しています。時間が止まっていたのです。これは、何かの拍子で又動き出すのでしょう。子供の付けているもこもこの帽子やらセーターやらパンツやらのカラフルな色彩とともに。

私に水を注ぎに来たウエーターが話し掛けてきました。

「どちらからお見えですか」

「近くですよ。車で一時間」

「ずっと窓の外を見ておいでででしたね」

「いや、前の雪の上を父子連れが行ったでしょう」

「行きました。よちよち歩きの子は可愛いかったですね。男の子でしたかね。女の子でしたかね」

私は黙るより仕方がありませんでした。彼は話し好きなのかもしれません。私が黙っているものですから、彼はタイミングよく私のテーブルから離れて行きました。その呼吸がよかったので、私は嫌な気分を味わわずにすみました。

三月十一日
三・一一から三年。この大地震について世間で言及していないことについて少し書きます。動機は、先日海岸道路をドライブした時に感じたことに関係します。海岸道路は、山肌を削るようにしてついている一本道で、小さな漁村をいくつも結んでいます。波浪警報等が出ると、道路は閉鎖されます。以前に閉鎖直後の道路にさしかかって引き返したことがありました。閉鎖方面から猛スピードで走って来た白バイが、いきなり道路に通行止めの標識を設置しました。突破するも何も、無条件でストップをかけられたので引き下がるしかありませんでした。しかしこの道路が無かった時は、海岸線に住む人達はどうしていたんだろうという疑問が湧き上がりました。これについては一つの証言があります。又聞きです。

彼の小学生時代、嵐の日など海岸についている道から登下校の児童が波にさらわれることは珍しいことではなかった、という話を私にしてくれた人がいました。ややこしくなりますが、ここは節度とかにも関係するので聞いて下さい。この人は彼と暮していた女性でした。私とも懇意であった彼は、その話を私にしてはくれませんでした。彼女にだけは話して、彼女は彼の死後その話を公開したことになります。今から数十年前の事故とはいえ、彼と同世代の私には下手をすると私もそうした現場にいたはずだと考えた時あまりに衝撃的でした。過去があまりに前近代的に見え今に繋がらないのです。おそらくこの話を秘匿し、滅多に口外しようとしなかった彼は、過去とのあまりに深いギャップが自ら信じられなかったからではないでしょうか。

そこで、このような海岸線を大津波が襲った時どうなるか。人、犬、猫といった生きとし生きるものは一たまりもなかっただろうと思いました。記録とか何とか、史実とか文献とか、そうしたものに類するものが後世に遺される余地ということを考えることはできませんでした。大津波が去った後は、更地なんていうものではなく、元のむき出しの岩盤しかなかったために、後に新たに海岸線に流れ着いた人達には、過去への手掛かり等何一つなかったにちがいありません。

以上を前置きとします。

三・一一以降、特に原発を所有する地域にあっては、過去に大地震があって津波に襲われなかったかどうかが関心の的になりました。もっとも原発の立地条件として、断層の有無の確認がなされたのは当然のことであります。大地震があれば断層は動くので、この上に原発を設置することはできない。加えて、過去にその地に大地震があり、津波が襲ったことがあるという事実があれば、原発企業その他にとっては只事ではありません。特に敦賀、若狭にまたがる所謂原発銀座にあっては、福島のような原発事故を想定外とすることができなくなるからです。過去に大地震と津波の例があるのであれば、当然原発の設置を避けるか、さもなくば原発施設がビクともしない対応が必至となります。しかしこの後者の場合、完璧なる安全対策というのはあり得ないでしょう。科学も又人間の営為であるかぎり。

さて、本題に入ります。

敦賀、若狭の原発銀座に関連して、京都吉田神社の神主吉田兼見の日記が話題になりました。『兼見卿記』です。

この日記では、天正十三年（一五八五）に発生した巨大地震（天正大地震）に関連して、特に「丹後、若州、越州浦辺」に津波があったことに言及しています。議論はありますが、それら地域は若狭湾沿岸と考えられます。この記述は「――波ヲ打上、在家悉押流、人死事不知数云々」と続きます。兼見の日記ではあるが、実地見聞の結果でないことがこれでわかります。それはともかくとして、こうした惨状が、日記にしか記録されないことをどう考えたらいいのかということになります。勅撰の史書類、中国でいう正史には、こうした凶事は記録されません。理由は、完璧な国家は、凶事を忌み嫌うからです。凶事はそれ自体恥でもある。恥を国史として記録する国家はありません。

中国の地方誌を渉猟して地震の記録を訪ね歩いた風変りな学者がいました。風変りな、と言うのは、彼は中国史家であったからですが、日本の地震学会で重宝されました。彼のやったことは、中国のいつ何処でどんな地震が起こったか、という記録でありました。彼はこの手で、ついに康熙七年（一六六八）の大地震を発見しました。マグニチュード八・八。山東省を震央として十省にまたがる大地震でありました。しかし『康熙実録』などをどんなに裏返してみても、この地震の存在を証明することはできませんでした。まぼろしの大地震は、彼の数年がかりの各省の地方誌渉猟の前に屈服したのでした。そんな彼の講義を受ける学生はうんざりで、他科から来て聴講する学生は皆無でした。しかし地震学会では地震の周期をさぐる手だてとして唯一彼の仕事に期待し、彼は彼で自分のライフワークとしても中国地震史の研究を纏めることを思い立ち、ゼミの学生を自宅に合宿させました。教授夫人がよく、終日缶詰になった学生達は夜の会食を連日心ゆくまで楽しみました。ところが、漸くにして中国地震史の研究が世に出るのと期を一にして、中国科学院から浩瀚な『中国地震史資料年表』なるものが出るという事件が起きます。中国のこの種の出版はいってみれば国家的プロジェクトとしての成果であり、日本の一歴史学者が生涯をかけてコツコツ調査した成果ではとうてい太刀打ちできません。彼は落ち込みました。しかしそんな時期に、今度は日本の天文学会から、中国でオーロラの記録はなかっただろうかという質問が彼に来ました。オーロラ？　赤い化け物が天空から降りて来るという記録に彼は思い当たりました。中国の地方誌とさんざんつき合ってきた彼にとって、この質問に答えることはさして困難なことではありませんでした。

日本の天文学会は、地球の磁軸の傾斜について、その頃一つの仮説を持っていました。現在、グリーンランドの方に傾斜している磁軸は、十二世紀辺りでは、北極から見て中国側に傾斜していたのではないか。中国においてもオーロラの記録があれば、これは磁軸の傾斜が現在とは違っていたという説明になる。彼はオーロラをつきとめます。

彼は一躍脚光を浴び、瓢箪から駒が出たような気分を味わいました。彼は白山で死去します。白山で高山植物の写真を撮っていて心臓発作に襲われたのです。呆気ない死です。死後、あまり上手ともいえない高山植物の随想写真集が出ます。

余談が長くなりました。地震、天災、オーロラを正史は記録しません。記録していたのは地方誌です。

先の天正地震の記録については、『兼見卿記』の他にはルイス・フロイスの書簡があります。フロイスは織田信長とつき合いのあったイエズス会宣教師です。彼の任務は、布教と活動状況を各国にあるイエズス会に報告することにありました。その書簡に天正地震に関連する記述が出て来ます。若狭長浜が地震と巨大津波に襲われたと。ただ若狭に長浜はないので、小浜とも高浜とも比定されています。

この場合は書簡です。書簡ということになれば、日記以上に緊迫性があり、フロイスは任務として書いているわけですから、或いは任務を超えて書くということがあるわけですから、個人的な関心、恣意的な関心が勝るということはあっても、日本国に遠慮はなかったでしょう。恥とか何とか、そんなことは一切閑却してどんな不都合もなかったわけですから、凶事は凶事として記録されました。本来こうした書簡は私的なものということはできないのですが、信長の検閲外であったという意味では私的であり得たのです。

先日も安政大地震についての記録が、敦賀の商人の雑記帳から見つかったことをテレビが報じていました。長持の中の古文書類と一緒に虫食いだらけになって見つかったというのですが、それに拠ると、余震は四カ月も続いたとのこと。『兼見卿記』に次ぐ民間資料が明かした敦賀の地震の記録です。

いう欲求に駆られています。

三月二十四日

今日はこれを金沢竪町のホテルで書いています。記憶が薄れぬうちにということもありますが、やはりどうしてもあなたに今夜のうちに伝えたいという欲求に駆られています。

私は一人の友人を見舞いました。ずっと、もうかれこれ四、五年も没交渉になっていて、人が老いるということは、自然にそうなっていくのがいいんだと考えながら来ていて、さして気にもとめなかったのです。ところが此の頃不意に、自分も老いて来て動けなくなったらどうしようということが現実味を帯びてきて、見舞いをするのも元気のうちという命題が自分に跳ね返ってきているのを認めざるを得なくなったのです。つまり、自分にも後がないんだという自覚です。人間よそよそしいものです。その自覚の前までは非を相手におっかぶせていたのですから。

彼はサラリーマンをやりながら二冊の本を著しました。ここに、単に研究書とも評論集とも書かないのは、そのどちらでもないと同時にどっちでもあるという性質の本で、そこが私などにはとても魅力がありました。つまりそういう性質の本ですから、研究者からも評論家からも、評価の点では限界があったのですが、研究とか評論の物差しを外ずせば、それなりに独自の分野のあくなき追求がなされていることがわかるといったものでした。その追求はさしずめ燻し銀のような光沢を伴うものでした。彼にはエンサイクロペディストの面がありました。しかしそれは彼の能力の全部ではありませんでした。彼の手によって、旧制高等学校の雑誌部が作った幻の校友会誌が半世紀以上経って発掘されるということがありました。彼が町の古書店で偶然に見つけたのです。その雑誌が何故幻の雑誌であったかというと、雑誌部の生徒達が表紙にマイヨールの裸像を印刷したために、学校当局に没収され、当の雑誌が活字だけの表紙となって世に出ることになったといういきさつがあったからでした。ところが彼が見つけたのは、世に出ているはずのないマイヨールのまぎれもない表紙の雑誌でした。関係者は言葉を失いました。

　ところで、以上の経緯をどう理解するかということですが、誰が言うともなしに、その雑誌の発掘者は彼でなければならぬといった評価が定着していったことでした。

つまり、発掘は偶然ではなく、件の幻の雑誌は、古書店の片隅に積み上げられた雑本の中にあって、彼の目に射止められることをひたすら待ち続けていたのだという理解です。私は最初はこうした理解を承服しませんでした。しかし、万に一つもあるかもしれないということであれば、それは彼を措いてないだろうと思うようになりました。つまりそこに、彼の独自の分野の追求と無縁でないものがあると信じたのです。

私は彼を知っている女性に電話をして彼の家へ連れて行って貰うことにしました。金沢は空襲の惨禍を経験していないために、道は昔のままで迷路のようになっています。つまり、城を中心とした道は防衛上迷路に作られています。観光客等が標的として城を目指しても、道はあらぬ方向に外れていって、行けども行けども城から遠ざかり収拾がつかなくなります。電話なんかで道を聞いて埒があくものではありません。港町なんかにも迷路がありますが、この方は港の方へは真っすぐにわかり易く道がついています。

彼の家は金沢のずっと郊外にありました。それも迷路の先のような所にありました。金沢は余程迷路が土地柄として染みついてしまっているのでしょう。大きな車庫があり、石段をトントンと上がると、小型犬が顔をうずめて眠っていました。彼のたよりに時々登場した、彼の散歩相手の柴犬だということがすぐにわかりました。しかし来訪者があっても全く目を開けずにこんこんと眠り続ける犬というのを私は知りません。或いは犬は、眠り続けていたというより、目を開ける元気もない程年とっていたのかとも後で思い知りました。何しろ私は足音だけでも犬に吠えられてきたのですから。そしてこうした奇特な人間は、犬を家で飼うようになっても、足音だけで他家の犬に吠えられることがあると聞いたことがあり、その時の私には犬の不貞寝ぐらいにしか思われませんでした。私は犬の前を高跳びするような気持で玄関に飛び込みました。

私は電話でしか話したことがなかった印象そのままの穏やかな夫人に案内されて座敷に通されました。彼はなかなか出て来ませんでした。その内彼は廊下の方から現われるのですが、彼がなかなか現われなかった理由が判明しました。彼の歩行は一センチずつ進むといった調子でした。歩行を命ずる神経の何処かに故障が生じていて、両手で手摺りにつかまっているのに身体を前に押し出すことができず、難儀に難儀を重ねて力をふりしぼっている様子でした。苛々は、私達の方にあるのではなく、明らかに彼の方にあることは歴然としていました。夫人が手を貸そうとするのですが、人が手を貸したからといって彼の歩行が二センチずつになるわけではないので、彼のやり方を凝っと見守るより手がないという有様でした。

「やあやあ」

彼のそうした大きい声は、以前と少しも変っていませんでした。小柄な割りには、大きな声と、カラオケなどでも減り張りの利いたドイツ語で歌ういくつかの持ち歌が彼をよく知る人達の共通理解となっていました。もう十数年も前だったか、彼が世話人を務める会があり、夜の懇親会の二次会でロシア娘のいるスナックに案内されて一同腰を抜かさんばかりに驚いたことがありました。ギリシア彫刻のような美しいロシア娘が流暢な日本語を発したからでした。あんな娘に、私はそれ以前も以後も出くわしたことがありません。彼の最も意気軒昂な時代であったことを想像します。

彼は酒も強く、私との通信ではもっぱらそのことに触れるのが挨拶代りになっていくのですが、彼との通信が途絶える直前には、猪口二杯が限度でしかも厳重な監視付きである、というのがありました。私はこれを読んで、顔に出来たアデノームの手術をしてくれた医者が、酒は猪口一杯というのが妙薬ですな、と言ったことを思い出さずにはいられませんでした。これから推すと、猪口二杯、というのは、彼の精一杯の頑張りというものであったのかもしれません。私はその頃は元気でしたから、彼との酒のつき合いもこれまでと観念したことを覚えております。その頃の私は、猪口一杯とか二杯の酒ならば、飲まぬ方よしというのが信条でしたから。

彼の家へ入ってすぐ気付いたことに、一段高い広い部屋、そこは丁度車庫の上の辺にあたるはずなのですが、その部屋にうず高く積み上げられている異様な本の山がありました。何と形容していいのかわかりません。広い部屋のど真ん中に本が塵のように山積みになっているのです。

やはりそのことは時間の経過の中で話題になりました。話がそこへ行くまでに、リハビリの施設で、特技は何かと聞かれて歌を歌うことだと答えたということや、玄関で転倒して腰骨を骨折したということや、これは夫人の言でしたが、新聞は三種類のものを読むが本は全く読まなくなったということ等がありました。独特の家の間取りから推して、家の図面は彼が引いたのですかという私の質問に、夫人は建て売りですよと言い、私が危うく納得しそうになった時、同行の女性から暗に注意されるということもありました。

私は彼が施設で特技は歌を歌うことだと答えたことについて思い出すことがありました。それもずい分と前のことになりますが、やはり二次会の席で、彼は演歌も歌曲にして歌う、と人が評したことについてでした。私はその時もよくわかり、そして今特技を問われて彼が歌を歌うことと答えたということもよくわかりました。何も変っていないのです。ただ私の中でかなわんなという思いだけが強く残ることになり、彼にどっと同情しました。

「好きな本があったら持って行ってくれたまえ」

彼は突然そんなことを言い出しました。

私は吃驚しました。彼にしてはあり得ないことと思ったからでした。そして立ち上がろうとするのです。

私達は先程ちらりと見た本の山積みの部屋に案内されました。そして夫人から初めてこの部屋が応接間であることを教えられました。そこは階段を登った中二階のような作りになっていましたが、別の階段のずっと下には彼の書斎が切ってありました。まさに炉を切る感じで彼の書斎が庭に面してあり、庭に正面から向いていたのが私達が先程通されていた座敷であったことがわかりました。上から眺められる書斎というのも、私にとっては珍しいものでした。

私はやっとのことで階段を登って来た彼に三冊の本を示して貰っていいかを問いま

した。

「いいだろ」

彼の返事はくぐもりがなく素っ気ないものでした。

「ああよかった。これで少し荷が軽くなりますわね」

夫人はそんなことを言いました。

私は本の重量で家が圧し潰されそうになっていることの胸の内を聞いた気がしました。なるほど、一冊でも本が減れば、減っただけのことはある。

車二台分の車庫付の家といえども、これだけの本の収蔵は限度を越えています。本は生活空間、日常空間を脅かすにいたります。放置しておくと、無限に触手を延ばして家の中の全空間を壊死させます。

地下書庫は案内できないと彼は言いました。そもそも、地下書庫を作ることがこの家の設計の当初からあったということでしょう。

「黴が来ているのですか」

「黴だけではない」

彼は肚立たしそうに答えました。

私は他人事ながら暗然としました。風通しが悪く、湿気の抜けない家からは病人が出る。片田舎に住んでいて、そのことはよくわかります。山の断面すれすれに建っている家からはよく病人が出ます。家の主、その妻、息子といった順で仆れて行った例を私は知っています。山をかついでいる家は、樹木が黒々とかぶさっていることもあり、一見夏場でも涼し気に思われますが、事情は逆です。

私達は三十分程も応接間に居て座敷に戻りました。戻る途中で、廊下に観音開きのすっきりした本箱があって私が立ち止まると、「これは私のものです」と夫人が言いました。

最後に夫人は私にこんなことを言いました。

「ウイスキーをお飲みになりますか」

私は飲むと答えました。

夫人は彼の後ろから「ウイスキーをお土産に差し上げていいですか」と声を掛けました。彼は答えませんでした。彼の細い項から強い意志が感じられました。それは彼の正面を向いてぐいぐい押して来る意志的な表情と何も変りませんでした。

「OKが出ませんね」

夫人は微笑を湛えながら独り言のように言いました。

四月三日

Aさん。もう一時間もすると友達が車で迎えに来てくれて町へ飲みに出ます。二カ月に一度ぐらいの割りです。年甲斐もなく落ち着きません。馴染みの駅前の店です。先代夫婦がやっていた頃からの行きつけの店で、たらふく酒を飲むと、絶妙のタイミングで蜆の味噌汁を出してくれました。ところが、これを飲むと、もう一本つけて欲しくなるから困ったものです。それを飲んで、本当にお開きということになります。二代目になって、この蜆がたまに浅蜊になりました。仕方のないことです。しかし贅沢は言っていられない。ただ絶妙のタイミングとまではいかない。

「あら、味噌汁を作りましたのに」

そう言って味噌汁をカウンター越しに出してくれるのは、まあ孤島の巫女さんのような凛とした女将です。前衛主義の川柳を小さなグループでやっています。

それで、この一時間の間に、我が家の庭の花達の様子を急いでお知らせします。今夜にも嵐になるやもしれません。そうなったら白木蓮などは後の祭りです。無惨なことになりかねません。今朝の新聞に、季節の扉が開いていく、という文言があり、感心しました。まさにそんな調子で花達が次々と開花していきます。

木の花だけでいえば我が家で最も早く咲いたのは馬酔木。この花は花期が長く、今でも零れんばかりの花房を維持しています。御当地には馬酔木がいっぱいありますね。それにしても、御当地の馬酔木はどうしてあんなに堂々とした巨木になるのでしょう。

その次が沈丁花の赤。白は少し遅れます。ほとんど同時に連翹、雪柳。そして白木蓮と来ます。これが開花して季節の扉が開かれた気分になります。白木蓮は花が大振りなのと、圧倒的に賑やかなのとで他を圧します。むっとした空気の静寂は、もうそれだけで元の雪国に逆戻りすることのない保証のようなものです。

雪国からは想像もつかないような百花斉放への転換です。百花斉放への転換は、つい先刻までそこにあった雪国が嘘ではなかったのかを感じさせます。人々は喜びを隠し切れないで、冬中閉ざしていた窓を開け放したり、下駄を玄関に出したりします。とにかく凝っとしていられない心境です。

これに続いて枝垂れ桜、李、赤木蓮の開花が続きます。此の頃になると、白木蓮は駄目です。席を譲るといった案配です。山の樹木ということでは、櫟、小楢の枝が顫え出します。そんなことが見えるはずがないのですが、私の心が顫えているために、山の樹木までが喜悦に満ち溢れて見えるのです。

近辺は山菜の宝庫なのですが、久しい以前から山に入る人達が居なくなりました。山に入る人達は猪の檻を設置する猟師だけです。親子連れが檻にかかり、猟師に連絡を取っても、此の頃は、その内に、といったそっ気ない返事が返ってくることが多いとのことです。正月の初寄りでは、猟銃の所持に関する募集要項の説明がありました。いっちょう取得してやるか、と私も考えましたが、猪の処理をどうするかで話が頓挫しました。しかしそれ程猪の出没は限界を越えて来ているのです。猪肉はなかなか美味なのだそうです。野放しで飼っているようなものですから、豚肉より野性味があるのではないかというのが私の食指の動くところです。脂身なんかもぐんと少ないのではないのか。ここまでくると鹿も話題になっていいのですが、私が見ているのは羚羊で、目と鼻の先ほどの距離で出くわした羚羊は逃げませんでした。

基本的に四つ足の動物の肉は食べたらいけないのではないか、と考えているようなところが私にはあります。そこへいくと鳥やら魚ならよろしい。勝手なものです。鵜や鴨なら食べたことがあります。若い頃の父などは、焼いた鶫を頭からかぶり付いていました。あれは私にできそうにありませんでした。

家の前の堤の下に沼があり、冬になると鴨が羽根を休めている姿をよく見かけました。沼というのか何というのか。元は川だった所が、河川改修でメアンダーの一部が塞き止められ、小さな細長い沼みたいになったのですが、堤の下は一年置きに禁猟区になったので、鴨達はその禁猟区になっている年に沼に飛来して羽根を休めていたのでした。こう書くのは、鴨達はその狩猟区に当たっている年にはぴたりと飛来しませんでした。ですから、沼に飛来する鴨達は一年置きであったことになります。私はこの現象を驚きの目で眺めていました。

ところが、堤の片側に野球場が新設され、アマチュア、セミプロを問わず野球の試合がしょっちゅう行なわれ、球場の駐車場からはみ出した車が堤の片側にずらりと並ぶことが日常的になりました。私は当局に強く抗議しました。狩猟区をやめよ。このことは翌年実行されました。迅速な対応であったと思います。

私があなたにお知らせしたいのはこんなことではなく次のことです。Aさん、しかして鳥達はどんな行動に出たと思われますか。全域禁猟区になったのに、やはり従来の狩猟区に当たる年には沼に飛来しませんでした。いずれそんなことは無くなるのかもしれませんが、少なくとも今日まで、鳥達は一年間隔の飛来を続けています。これも私には衝撃的なことでした。鳥達の記憶の継承といったことを考えます。はた又、鳥達の徹底した人間不信といったことも。

或る日私は、小さな手籠を肩に掛けて河川敷を歩いていました。いっぱしの料理人を気取って食材探しに出たのです。お目当ては野蒜。行きつけのスーパーで生の螢烏賊が手に入ったからでした。ぬたなら葱でもかまわないのですが、螢烏賊とくれば野蒜が似合うという私の独善が、ないことに河川敷へと駆り立てたのです。不思議なことに、こんな時にはきっと願いがかなうと考えているのですね。何だか私が鋭角になって颯爽としています。今日こそは、夢にまで見た女人に会わねばすまないぞと妄信することと似ているかもしれません。季節の扉が開いていく、ということは、禁断の反対、何が起こってもおかしくない、そういう季節に入ったということなのでしょう。

あなたのおたよりの最後の所に、「女は病気をすると、もう誰にも会いたくなくなります」とありました。私ははっとしました。彼の都合を聞くために電話を入れた時、たしかに夫人は、無理かもしれない、と言ったのでした。この意味が私にはもう一つわかりませんでした。それで私の事情を優先させることにしたのですが、冷静に考えてみると、見舞うべきではなかったかもしれませんね。行けば行っただけのことはある、というのは結果論でしょう。これにしたところで、彼が心底喜んだのかどうだったのかはわかりません。私がひどい病人であれば、私は男ですが、やはり人に会うのが嫌だったかもしれない。そんな時、それでも私のように強引に押しかける手合いと向き合うには、昔からよくしたもので「面会謝絶」しかないですね。

Aさん。私はあなたの病気が平癒することを願います。嘘のように、けろっとよくなっているあなたが、或る朝あなた自身によって確認できる日がくることを信じます。嘘のように、けろっと、というのは、あなたのためにあるような修辞です。その点では、あなたに若い若い人のイメージがあります。Aさん。あなたは現実よりイメージの世界を信じて来たでしょう。イメージにこそ真実があると。

私はあなたが軽井沢のホテルの小径に佇んでいたのを思い出しています。あの時あなたは小径で山桑の木を見上げていました。この木の名前がわからなくて、あなたはフロントで聞いたことを私に打ち明けてくれました。これが、私がその小径に偶然さしかかり、あなたとの初対面になりました。あなたは何度も山桑の木の下に立つことがあったでしょう。小径には、小鳥が啄んだのか、山桑の実がいっぱい落ちていて、そこだけが黒ずんでいました。

「山桑の実は結構甘いものですね」

あなたはそう言って悪戯っぽく笑いました。あれ以来、私はあなたが変ったとは思っていません。時間が止まってしまっているのです。私達は、或る年まわりになると、もう年をとらないのだと思います。だから過ちをいっぱい犯しても、気付かないのだと思います。

約束の時間がきました。話がばらばらになりました。それを時間のせいにして、今日は急いでペンを擱きます。

五月二日
私は人からこんな忠告を受けたことがあります。
「あなたは人と接する時境界線を持たない。持ちたくなければ、それはそれでもいいが、その姿勢だと、相手に裏切られ時、憎悪だけが残らないか。それは悲しい」

私に対する忠告は大体こんなところでしたが、そしてそれは、私が態度を改めるかどうかは別として、私によくわかるものでした。

是か非か、All or nothing。これを私は自分の信条と考えたことは一度もありませんが、どうもよく考えると、私が人と接する時、そうした接し方でこれまでずっと来たものだと思い当たります。

私は確かに人と接する時。境界を持ったことはなかったと思います。というより、そんな線を引くということなど、思いもよらないことであったと考えています。人とつき合うならとことんつき合う。そうすればよくわかる。その過程でいろんなことが出て来る。合う合わないが出て来るはずである。そうなったら、その時に考えればいい。考えて、お互いに分別して、更に次の段階に進めばいい。きわめて常識的なことです。けれども、こうした常識が誰とでも通じるとはかぎらない。どうしても通じなかったら、これは諦めるより手がない。

自分が自分を曝け出さなければ、相手も曝け出して来ないでしょう。自分が自分を危険な場所に置かなければ、相手も自身を危険な場所に置かないでしょう。

たしかに私には、私が誠意を以て接すれば、相手もきっと誠意を以て応えてくれるだろうという盲信が何処かにあります。これは何も、教師の真似事をしているわけではありません。そういう盲信さえ信じられなくなってしまうと、とても寂しいではないですか。いやそれはカテゴリーが違うではないか、と言われればそれまでですが、人は何かを信じていいわけでしょう。たしかにこの期に及んで、人に裏切られたりとか、足元をすくわれたりとかはないでしょう。ない方がよろしい。それでも私は、境界線を持って人と接する気にはならない。そうすることでどんな役得がありますか。人は身過ぎ世過ぎをして生きていかなければならない。例外はないでしょう。ならばこれに悖るようなことはしないに越したことはない。そこのところでありますが、境界線を引くことで得られるような身過ぎ世過ぎの類なら、私は身過ぎ世過ぎを捨てます。どうということはないではないですか。貧乏すればいいでしょう。不愉快の代償として身過ぎ世過ぎでは、身過ぎ世過ぎがけち臭いことになりませんか。

やはり人と接する時は裸であるのが一番でしょう。私が裸になれば、相手もその気があれば裸になってくれるでしょう。私は裸になることで恥をさらけ出しているのですから、相手も余程の事情でもないかぎり裸にならざるを得ないでしょう。だって、裸を目の前にしたら、むしろまだ着物を着ていることの方が恥ずかしくて仕方がないでしょう。私はここに期待します。こうして相手はコトリと動くのです。ここから未知の世界が拡がって行くのです。相手がこれに一向に乗って来ないとなると見込みはありません。私は今恥と書きましたが、本音といってもよろしい。本音でつき合えないようなら、つき合いの意味がありません。私の方から払い下げです。

年をとって行くと、だんだん人づき合いが狭くなって行くのは、何も人が死ぬためだけではないですね。私がつき合わなくなった男が二人います。彼等の方が私から去って行ったのです。彼等は今だにその理由を明かしていません。ただ、共通するのは、彼等は微々たる役職に就いて行きました。彼等にとって代償はこれでしたかね。私は心の中でこの馬鹿奴がとつぶやいています。力いっぱい肚を立てているわけです。それで、そんなことになるから、境界線を越えてはならない。身体を悪くして何が本音かということになるのでしょうが、私は逆に考えます。妥協することの何が正常だろうかと。妥協することで跳ね返ってくるストレスの方がよほど不健康ではないですか。

白黒をはっきりさせた方が、私はすっきりします。損得の問題ではありません。グレーゾーンにいて、どっちつかずの気持を維持することなど、考えただけでも蕁麻疹が吹き出ます。

五月三十日

五月から六月にかけての、梅雨に入る前までの一ト月程が、私方にあっては一年で最も過ごし易い季節であるように思います。この間、日中三十度を超える真夏日も何日かあります。そのために、午睡をする場所を選んで枕を持ち歩いたりもするのですが、吹き抜ける風はまことにさわさわしたもので、毛布も何も掛けることなく、安心して大の字になって寝そべることができます。それならば秋はどうかということになります。秋が悪かった年はなく、それはそれで文句の付けようがないのですが、あまりにも短い。すぐ冬が来る。このすぐ冬が来るということが、先入観として頭にあるからかどうか、秋をゆっくり愉しむ暇もないというのが実情です。それが此の頃特にひどくなりました。下手をすると、秋はすぐに終るから嫌だな、ということになって、秋どころではなくなります。肚が立ってくる。そうなるともう処置なしで、紅葉を求めて移動するか、といった浅ましい考えにいたります。

但し、私はこれを実行したことはありません。何気なく出掛けることがあって、そこで偶然もう一度秋に出会うことはあります。山桜にしても同じことで、そんな時はひどく儲け物をしたような気分になります。出掛けるのは車だし、場所は近場というわけにはいかず、こんな儲け物をする機会も、加齢と共に今後はむずかしくなっていくでしょう。車も小さいのを買いました。耐用年数が十年とすると、もう一台買うことになるのかもしれませんが、今の車をこき使うことがないので、案外二十年近くも持ったりして、この車と命運を共にするというのが落ちになりかねない。そうなったらそれでいいのです。六十近くになって運転免許証を取得し、これは妻の必死の嗾けに依るのですが、取得しておいてよかったと思っています。「きっと免許をとっておいてよかったと思う時がありますよ」というのが、落ち込んでいる時の私に対する教習指導員のきまり文句でした。私は彼にも感謝しています。丁度教習を受けた時が夏休みで、教習所へ着くまでにバテバテになってしまったからでした。しかしその点若者はちがう。彼等は夏休みにこそ集中的に教習をかち上げねばならず、合宿して教習の単位を稼ぐ仕組みまでありました。そういった連中が私の脇をすいと行き来していています。脇目も振らずといった感じです。種族がちがって見えます。そしてさっさと去って行く。この野郎なんてもんじゃない。こっちはますます萎えて行って、蕩けて無くなってしまう気分です。自分でその具合を観察しているような錯覚にも陥りました。こうなったらもう駄目で、私の担当指導員は、私の両手をつかんで、車のある所まで引きずって行くことをしなければなりませんでした。彼の方が私に教習に就くことを懇願している有様です。申し訳ないことです。ばちがあたります。

ゴーリキイに「私の大学」があります。この場合は、小学校もろくに出ていない作者が、ありとあらゆる職種を経験し、それを自分の糧としながら、はたち前頃から、民間の自主的学習サークルに参加して経験を鍛え直していく。これが作者の言う「私の大学」の開始でありましたが、私は、私の自動車学校時代の経験を、躊躇なく「私の大学」と言うことにしたのでした。

「人生観が変ってしまいます。大袈裟なと思うでしょう。しかし本当なんです」

指導員はこんなことも何度か言いました。これについては、当時も今も私はかなり大袈裟だったな、と思っていますが、生活半径がすっかり変ってしまったな、ということは実感しています。できないことができる。しかもいとも簡単に。

それまでは、こうしてああしてこうやって、と考えるだけで疲れてしまい、とどのつまり、やあめた、となっていたのが、今はちがう。即行動することがかなわなくても、何とかなるということが計算できるようになった。そうすると、指導員の言ったことも、そんなに的外れではなかったことが了解されてくるというわけでしょう。

しかしこんなつまらんことを綴るのはこれで止しにします。ただ私はカブト虫が欲しかった。今のマイヨール風なやつでなく、ブリキ板で作ったような、走るとバタバタ音を立てそうな原初の車には乗ってみたかった。あれは車がまだ車でなかった時代のものを引きずっていましたね。ぐんと車体が低くて、地面すれすれに走っているように見える。地面からすっかり離れるのが恐いかのような、人間の歩行と似た所がありました。あれでスピードを出すのは無理でしょう。無理というか何というか、相応しくない。始めから終りまで、ブブブブと走るのが合っている。老人にはもってこいの車だったと思いますよ。

先日偶然近くの喫茶店で知人二人と鉢合わせになりました。彼等もばらばらに来て、そこへ私が顔を出したわけですから、近年になく珍しいことでした。

彼等の一人は今年が傘寿。もう一人は私と同じで未だ喜寿に三年あります。そこで彼等は私に対して、おまえさんは家から滅多に出ないが、家がよすぎるのがいけないんだろう、というようなことを口裏を合わせたように言います。私はぽかんとしてしまいました。そんなことはない。さすがに彼等は女房がいいからだろう、とは言いませんでしたが、おまえさんの様子を見ていると、家に愛着があるように思う、と言うのです。

まず第一に、私が家から滅多に出ないと言われたことに違和感を覚えました。そんなことはない。私はこれでも結構家を出ている。京都や長浜へも行く、能登へも行く、といった具合ですから、どうにも彼等の言うことが腑に落ちない。軽井沢ということになると、四、五日の日程で最低でも一年に二度は行っている。しかし彼等のうちの傘寿の一人などは、最近は外国の山とは縁を切ったようではあるが、国内の山でも近場でなければ出入り四、五日位はざらにある。ということになると、私の四、五日などは大人しいもので、年に二回だけ四、五日の不在では不在のうちに入らんということでしょうかね。もう一人の私と同輩の男は、今日はこれから米原へ行って話をしなければならないと言って、黒っぽい背広の上下に此の頃では滅多に店で見かけないタートルネックのシャツという出で立ちです。

私は漸くにしてわかりました。彼等の気合いと、私の気合いとではまるでちがうのだということを。彼等はとにかく現役です。米原行の男などは、金がかかっていけない、と言っています。どうやらそうすると、彼の話にしても、金が出るのと出ないのとがある。そこで私にわかったのは、彼は、金が出る出ないにかかわらず行く。この行くということだけが彼の使命としてある。

これに比べると、私には使命なぞというものはない。趣味のようなものならある。かといって、一向に私の趣味を軽蔑するつもりはないのですが、使命に比べると押しが弱い。期限とかもないのです。それだから、嫌になればいつでも中断する。眠たくなればいつでも眠る。酒を飲みたければいつでも飲む。しかし、山を相手にしていたのではこうもいかんでしょう。米原行にしたところで同じです。

私は少し前から橘曙覧に関心があります。あちこちしていて気が付いたのですが、この男は短歌作家であると思いいたりました。このヒントは、聞き慣れない現代詩作家なる肩書きを知ったからでありましたが、現代詩作家と同じように、橘曙覧は歌で飯を食おうと本気で考えていたのではないかということ。それにしても容易に飯は食えません。そこで塾やら歌会やらいろんなことをやる。書も売る。御殿女中に頼まれれば筆耕もやる。それにしても食えない。奇特な人がいて資金カンパをしてくれる。そういった余禄もある。それでもって息子と伊勢参宮をやる。この五十歳の時の大旅行は私的なもので一カ月以上かかりました。福井を出て、木之本から名古屋を経由して伊勢に入ります。伊勢から奈良に入り、大坂京都とめぐって琵琶湖の湖東を帰って来ました。曙覧の参宮記『榊の薫』によれば、松坂、伊勢方面で五日間、京都では十日間の旅程を費しています。これに比べると、奈良は一日、大坂は二日間しかかけず、まるで駆け足です。ただただ驚くのは、足が非常に速い。帰路の湖東では、草津から木之本まで二日間です。健脚ということでは私も人後に落ちないつもりですが、通勤友達の中にものすごい健脚がいて、彼は私をするすると追い越して行きました。あれよあれよという間に彼の姿が遠ざかります。あれも三文の得ということになるのかな、というのがその時の私の感想でしたが、曙覧の場合は、節約のために日程を稼いだふしがある。それにしても奈良、大坂はひどかった。どう考えても、京都滞在のために日程を稼いだとしか思われません。旅の後半になって、日程が混んできたのですかね。

横道に入ってしまったついでに言いますと、「曙覧」を「あけみ」とはどうしても読めない。音として「あけみ」は頭の中に出てくるが、漢字で「曙覧」とはどうしても出てこない。その度に前へ戻って漢字がどんなだったか確かめなければならない。私の場合はまことに煩瑣です。従って曙覧は、まず最初に煩瑣を強要する男ということとになります。本名の尚事を曙覧と改名するのは、大病を経た四十三歳の時であったといいますが、こんな男は、何処か身勝手で、面白くも可笑しくもない人生を送ったに決まっている、というのが率直な私の感想でした。ところがです。身勝手ということは、誰よりも自分のことを優先するということになるでしょうから、自分流というか、自分主義で行くことにしがらみがない。大抵の人間はそこで一服してしまうところを、彼は自分の意志を何としても貫く。幕末に生きた彼が近代人のはしりであったように見える。そうすると、彼の意志も近代的自我の目覚めであったように見えてくる。私が曙覧という一個の人間に関心を持ち、彼のことを調べてみたいと考えるようになった動機は大体そんな所にありました。ところで私の友人達には、大義というか、果たさなければならない目的がある。私にはそんなものはない。その代り、私が死んでこの世にいなくなれば、この世に何も残らない。私が生きていたも、いなかったも同然である。私の頭の中など誰も覚えていてくれるはずがない。こっちの方が余程潔いのかもしれませんが、とにかく私は曙覧という男が気になり、無視することができなくなっていったのでした。

この男の無視することができない行動として第一に次があります。福井藩主の松平春嶽とはそれまでにもつき合いがあったのですが、曙覧は、五十四歳の時春嶽の訪問を受け、後日春嶽から登城して古典の講義をするよう求められます。当然扶持米の支給がこれに伴います。食うや食わずの貧乏生活を送っている歌人に対する春嶽の配慮であったことはまちがいのないところでしょう。ところが曙覧はこれを辞退します。この時の彼の歌が、「花めきてしばし見ゆるもすゞな園田盧に咲けばなりけり」というものでありました。この真意でありますが、職業人としての歌人であるならば、別にあてがい扶持を貰うべきではないという信念が曙覧にあっただろうと私は見ています。役人ならばそれでよい。しかし歌人と役人の使い分けというのは本来あり得ない。どっちかが嘘になる。役人のたつきで歌人を養うということになれば、それ自体歌に対する冒瀆になるだろう。

私は曙覧の生き方にこんな感想を持ちました。こんなことはまだ誰も言っていないように思います。まず、「花めきて――」どまりです。こんなふうに考える私の日常もあっていいのではないか。趣味ならば趣味で大いに結構。毒にも薬にもならぬというのならもっと気楽です。車で二十分もかからぬ所に曙覧記念館があります。年中休館なしの記念館なのでいつでも調べものができます。全館を通して、有能な学芸委員ならいても人はいません。私の別家、杉堂分室です。こんなふうに考えると、中世の有閑貴族のような贅沢な気分を味わうことができます。

この気分の続きで、ないことに村社の参道を歩いてみることにしました。参道は我が家のブロック塀に沿って長く続いています。ブロック塀の中間辺りの土台に円い穴が穿ってあります。屋敷の排水溝です。近頃はこの穴から年とった狸が一匹出入りしているのを目撃したことがあると、参道脇の畠で仕事をしている男が教えてくれました。年とった狸、ということで私にいっぺんにわかりました。たしかに屋敷でたまに見かける狸に相違ありません。昨日などは、玄関前の敷石にやおら寝そべって、射し始めたばかりの日の光を浴びていました。まだこの季節は、朝方の寒さが老人にこたえるように、年とった狸にもこたえるのだと私は得心しました。私はその様子を凝っと居間から見ていました。狸は敷石の上でのろのろしていて、進むでもなく後退するでもなくしていたのが、ついにふらふらとすわり込んだかと思うと横になったのでした。

「おいおい」

と私は思わず声を掛けてやりたくなりました。腹も減っているにちがいないと思った私は台所へ行って冷蔵庫を開けるのですが、パン一片あるでなし。それで私は急いで舞い戻り、玄関の戸を息を殺して開けました。狸は同時に起き上がり、私の方をきょとんとして見ています。身構える様子がありません。そして少し敷石の上を向こう向きに歩き、そこから前庭へ入る飛び石のある道に外れて行って見えなくなりました。この間、私は何か声を発したと思います。「オーラ、オーラ」ではなかった。「オーラ、オーラ」とやって、羚羊にすっと近寄られて困ったことがありました。狸に何と言ったのか、私は今思い出すことができません。「ラララ」と言ったかもしれないし、「ロロロ」と言ったかもしれない。とにかくその時声を掛けられた老狸は羚羊のような反応を示しませんでした。逃げるというより身を隠す行動に出たという方があたっていたでしょう。私は老狸に自分を重ね、老狸の行動を自分の行動のように眺めていました。みすぼらしさもあの辺までいくと処置なしだなと思う一方で、やはり老狸を大変哀れで可哀相に思いました。

私は参道を更に進み、ブロック塀の尽きる辺りで立ち止まりました。この辺まで来ると、もう屋敷の茂みなのか神社の山の茂みなのか区別がつかなくなるのですが、そのブロック塀の中には山桑の若い木があり、見上げると、既に色付きかけた小さな実がいっぱい付いていました。私はそこに山桑を植えた記憶がありませんから、きっと鳥が種を運んで来たものと考えられますが、山葡萄やら、野木瓜なんかも同じ理由で屋敷に自生するようになったものと考えると、子供の頃の記憶で一本の細いポプラの木以外何もなかった庭が嘘のようになります。

山桑の黒い実が落ちる時期まではまだかなり時間がありそうです。しかし私は遠い軽井沢のホテルの漠とした庭を思い出しています。まだほとんど避暑客の姿はなく、ホテルの食堂なんかでも、夏場の盛んな人出のためのトレーニングをしているような気味があり、かえってそのためにこっちが気楽でいられるのがよく、時間に制約がないような私などには、うってつけのシーズンということができました。私はこのシーズンが大好きでした。不思議なもので、そうした種族は私だけではないとみえ、部屋にいるのが飽きると、ふらふらと庭へ出て時間を費す人達の姿がありました。あなたも間違いなくその一人でしたね。私のホテル滞在はせいぜいで四、五日といったところですが、中にはあなたのようにもっと長くいる人もいて、すっかりホテルに馴染んでいました。あなたは、あなたが最も美しい季節を知っていました。

多分私の屋敷の山桑が実を付け、参道一面に黒々と落ち零れていても、村人は誰も気付かないだろうと思います。村の中の道が、いつも何かで汚れていないことはないということもあります。それよりも、そんなことにいちいちかまけたり、立ち止まっていたりしたら、やっていられないのだと思います。

あなたの絵葉書が届きました。葉書が上下逆になっていて、郵便番号の枠が万年筆の手書きであったので、私は思わず体を向こう側に廻してみたくなりました。あなたは葉書の中で辛くて仕方がないと書いてます。現代医学の時代にそうしたことが何故長期にわたって続くのか私にはわかりません。私が経験したことがないからだと思いますが、励ましの仕様がない病気ということを考えただけでも黙します。ただあなたが最も美しくなる季節がすぐそこまで来ていますよ、とだけ申し上げておきます。

あなたはホテルの小径に立って、私を見つけるときっとこう言うのでしょう。

「山桑の実は結構甘いものですね」

そして、同じように悪戯っぽく笑うのでしょう。

六月二十四日

昨日、村社の参道へ入ってみたら、道に粒々の白い物がいっぱい落ちていました。最初は、それが何であるのかがわからず、ふと足を止めてブロック塀からはみ出ている山桑を見上げてみてはっきりしました。山桑の実が、熟れるのを待たずに何故かいっぱい落ちていたというわけでした。あなたのくれたさかしまの絵葉書といい、それから後の久しい音信不通といい、山桑の完熟前の大量落下といい、私は不吉なものを感じました。この私でさえが、いつ何が起こってもおかしくない。私は妻に軽井沢へ行くことを告げました。宿泊するホテルは毎度決まっているし、あとは血圧と糖尿の薬を忘れなければ問題なし。ただ、人様から預った記念誌の原稿と、自分が提出しなければならない原稿の所在について、今度は妻に知らせました。そして、あつかいは誰それに頼め、という所まで指示しました。このことについて、妻は何も聞かず、ただ「わかりました」とだけ言いました。そんなものなのでしょう。お互いに。

軽井沢に来て、真っ先にホテルの前にある山桑の古木の熟れた実を確認しました。古木には「ヤマクワ」と記したプレートが取り付けてありました。この地では「ヤマグワ」と言わないのかなということはありましたが、私が最初この木の名前をホテルマンに聞いたことが、或いはプレートにつながったことが考えられました。まだ黒く熟れて落ちている実は多くはありませんでしたが、それでも、確実に軽井沢は山桑の実の熟れる季節に入っていることだけはよくわかりました。もしかしたら、ホテルの裏庭の小径にあなたがいるかもしれない。妄想でしょう。しかし妄想する自由もあっていいではないですか。

私はホテルの裏庭へ廻ってみてがっかりしました。そこでは広い自動車道がつけられつつあって、小径などは跡形もなくかき消されてしまっていました。山桑の話どころではなくなってしまい、樅やら松やらの巨木だけを残し、雑木の類を寄せつけない風景に様変りしていました。道の工事現場で交通整理をしていた男に聞きました。男は大要次のように話してくれました。

「あそこに新しい二階建のコテージがあるでしょう。一泊四十万のコテージです。今作っている道はあそこに来るお客の専用道路です。駐車場も別です。低所得者層と交わるのを嫌う人達のためだそうですよ」

私は一縷の望みをかけて白樺の熊澤君を訪ねました。熊澤君を訪ねたのは昼過ぎでした。彼は最初はレストランにいたのですが、ぐんと出世して今は白樺の店長をしています。白樺にいる熊澤君については妻は知りません。彼がレストランにいた頃、とにかくソムリエの資格を取ったばかりで意気が上がっていました。

「熊澤君、偉くなったね」

熊澤君の胸には、ソムリエのぶどうの絵柄のバッジが誇らし気に銀色の光彩を放っていました。

妻はそう言って熊澤君を心から祝福したのでしたが、彼は彼でそれを素直に受け入れ、ずっと何くれとなく私達に目をかけてくれるようになりました。熊澤君には何処か甘えん坊のところがあり、これについては後になってわかるのですが、多くの兄弟がいる中の末っ子でした。いろいろ甘えたいことがあったにせよ、彼はこの道に就職することで故郷の家を離れたというわけでした。

熊澤君は見違えんばかりに堂々としていました。黒のソムリエコートを着用していたこともあったと思いますが、顔の色もやや浅黒く、頭髪をきちんと分けていることや、くっきりとした瞳の輝きだけが少年のようで以前と変っていませんでした。

「変なことを聞くよ。仕事の話じゃないんだ」

「はい」

白樺の食堂の椅子に背筋を延ばして座った熊澤君は何事かと思って緊張していまし

た。

「ここに来るお客さんでね、エレガントな老女はいなかったかね」

「ロージョ？」

「年とった女」

「ははははは」

間を置いて熊澤君はさもお可笑しそうに笑いました。

「何ですかそれ」

「いや、ここにそんな女性が来たことがないかどうかだけ聞いてるんだ」

「うーん、老女ねえ、一人でしょう」

「一人」

「何人かで見えるお客さんの中にはいっぱいお年をめした女の人はいますがねえ。一人だとすると覚えていそうなもんだが記憶にないですねえ」

「そんなもんかな」

「何か特別なものを注文されるとか」

「ああ食べ物の種類ね、昼だと蕎麦ぐらいかな。たしかメニューにあったでしょ」

「あります、あります。ここ特製のものがあります」

「特製？　この店で蕎麦を打ってるの」

「まさか、作らせているんですよ」

「へえ、やるねえ」

私はあなたが蕎麦が好物であったことを思い出したのでした。

「いや、そんな人いなかったですよ。一人で蕎麦をすすっている女の人がいたら、やはり覚えていますよ」

「変なことを聞いて悪かったね。忙しいのに」

「とんでもない。それにこの時間帯ほど暇な時はないんです」

私は蕎麦と酒一本を注文し、熊澤君を相手にとりとめもないことをお喋りしました。

「ソムリエのバッジはわかるが、その隣りのバッジは何だろう」

熊澤君はソムリエコートの胸に合計四個のバッジを付けていました。これはこの世界の習慣なのか、ホテルマンの中でも黒い上下のスーツを着用している男達の胸にはやはりバッジが光っていました。バッジを四個も付けているのは案外熊澤君の無邪気なところかもしれないと思ったりしましたが、四個の美しいバッジは黒のソムリエコートに美事にフィットしていました。

「これはですね――」

そう言って熊澤君は隣りのバッジの説明を始めました。

「サービス技能士のバッジです。国家試験あるんです。一級です」

私にわかることは、一級建築士という称号についてのあれこれでした。それを持っているかどうかで信頼が違う。注文が来る来ない、仕事があるなしに関係することであったが、何よりもこの試験が難関であるという理解でした。

私は熊澤君が「一級です」と言ったことに特別な関心を持ちました。そうすると、二級、三級というのもあるにちがいない。一級はそれらの頂点に立つ。

「ソムリエバッジの下のこれはですね、テーブルマナー講師のバッジです」

「洋食のマナーですか」

「そうです、そうです。あれの講師も資格が要るんです」

熊澤君はよほど真面目に考えているんだろうと思いました。この道で人の上に立とうと思ったら、この道に関係する資格を取っておくのもきっと仕事のうちにちがいない。こんなことを、高校を卒業してすぐ熊澤君は体得していったのではないでしょうか。上手く立ち回ることができなければできないで、係累を当てにすることができなければできないで、他にできることがある、そう彼は考えるようになったのだと思います。

お喋りが長くなりました。

あなたは何処にも居ませんでした。けれども、ホテルの庭を出て、これまで歩いたことがない新しい自動車道で若い山桑の実が熟れているのを見つけました。実はほとんど黒く熟れているのですが、まだ落ちていません。私は手を延ばして実を取り、口に放り込んでみました。結構甘い。あなたが言った通りです。桑の実には種がないから損をしないで済みます。私は何度も桑の実を口に放り込みました。子供の頃の体験がふつふつと蘇ってくるようでありました。あの頃は、一個ずつではなくてまとめて放り込んだものだな。

私は漸くその場を離れようとしました。すると、道に黒っぽい豆粒のようなものが落ちているのが目に入りました。私は上の木を見上げました。実は桜桃です。あのビー玉みたいな赤々とした桜桃ではないですよ。吉野桜の桜桃です。この桜もぽつぽつと桜桃を付けることがあるのです。私は手を延ばして、長い柄の先にある実を取って口の中へ放り込みました。これも結構甘いものでした。しかし中に実の大きさ程の種があり、野木瓜の種と同じで何だか損をしたような気分になりました。

ただ私はこんな小さな桜桃をいつから食べてみることを思い付いたのでしょうか。確実にいえることは、これについては、親からも、他の子供達からも教えて貰った記憶がないということ。ひょっとしたら、これを桜桃と言い、食べられるのではないかと、自分で食してみてわかった記憶らしい記憶なら、私にあるということです。桑の実よりずっと後の経験です。桜桃という言葉なら知っていた。それが、現実の貧弱な豆粒大の桜桃と、私の頭の中で結び付いた時の感動ならば記憶があるのです。その時私は実際に貧弱な桜桃を木から取って恐る恐る食べてみました。そして確かに期待は裏切られることがなかったのでした。

私はもう何十年振りかで、吉野桜の桜桃を口にしたことになります。あなたが現場にいたら、あなたもきっと口にしたでしょう。この稀有な経験も、あなたに誘われたのかもしれませんね。

軽井沢は六月が一番よろしい、とは軽井沢人の評言であることを知りました。やはりそうなのかと改めて思います。私も気付いていたところでしたから。雨の日々は除いて。それだから、せっかく四、五泊の予定で来ていても、雨に降られたりすると目が当てられません。六月の軽井沢計画は天気予報とにらめっこです。そしてご当地の天気予報ほど当てにならないものはないとのこと。タクシーの運転手の証言です。

今回の私の滞在は五日間でした。その間ほとんどホテルのラウンジにいました。特に夕刻の時間帯は私の他に客はまずいませんでした。ラウンジから見える何本もの栗の巨木が堂々としていて、私の目を強く惹き付けて離さなかったということもありましたが、もしかすると、私はそこであなたを見つけることができるのではないかという淡い期待を持ち続けていたのでした。細い木に年代物の巣箱が結び付けられていて、その巣箱にくり抜いてある鳥の出入口があまりに小さいので私はウエーターに聞いてみました。彼は微笑しながらこう答えてくれました。

「それでも、朝になると、あそこから小鳥が出入りしていますよ」

私はこのラウンジで何度もミックスサンドを注文しました。その都度、大皿に食べ切れないほどのミックスサンドが盛り付けてあったので、これはどういった加減かわかりませんでしたが、二人分は優にあり、私は次の食事を抜くことを考え、時間をかけてゆっくりつき合いました。外のテラスのテーブルが空いていれば、皿をそこへ持ち出して食べました。テラスでコーヒーを飲む人はあっても、食事をする人はいませんでした。私は誰よりも長くラウンジに座り続け、テラスを利用しました。人が誰もいない時にラウンジに入り、人が誰も居なくなってからラウンジを出るといった具合でした。

暗くなり、部屋へ戻って暫くすると、何処からか、カタリ、コトリと音がすることがあります。私は耳をすますのですが、ああ、あれは先に帰っている人が立てる音だという風に思うと、何故か安心してもう気になりません。そんなことはあり得ないと考える私が、もう一人の私によって突つかれているのでしょう。

明日、私は春蟬が鈴を転がすように鳴く軽井沢を離れます。電車を四本乗り替えて杉堂に帰ります。この行程は何も特別なことではないのですが、考えただけでも疲れるのです。だから、できることならそんなことはしないにこしたことはないということになります。だんだん私もそうなっていく。私よりも年とっているあなたが、私の前に現われなかったからといって、どうということはない。しかしこんなふうに押していくと、やはり常識的でつまらんことになります。そういうことではないでしょう。あなたも私も。

杉堂へ帰ったら又手紙を書きます。あなたからの返信がなくても、私があなたに書くということが私の証しになるからです。そしてふっと考えます。もしあなたがいなかったら私は手紙を書くということはない。そうするとその時、私の証しはどうなるんだろうと。前ぶれもなく年賀状をくれなくなる人がいますね。あれは一つのサインなのですね。しかしこっちが出し続けても違反というわけではない。今夕は前触れもなく霧がかかり、樅の木を筆頭に、木という木々が墨絵の中のもののように静止しています。これにしたところで前触れがありませんね。さようならAさん、懐かしい人。又お会いすることができる日まで。

続杉堂通信

一月二十日（二〇一五）

雪の晴間を見て、玄関を開けっぱなしにして敷石の雪を撥ね、家へ入ったら天井でパタパタと音がして吃驚しました。鳥です。それも雀や燕のような小鳥と違って大きな鳥が玄関の天井で行き場を失くしてパタパタしていたかと思うと、そのままパタパタと台所の横の廊下を伝って蔵の方へ逃げました。私は用心深く廊下の戸をいっぱいに開け、いつでも庭へ逃げられるようにしておいて鳥を追いました。

大きな鳥は多分懸巣と考えられるのですが、蔵の横の廊下の先端で止まって凝っとしていました。蔵へ入ってしまうと天井は高いし、なかなか厄介だったのですが、そっちの方へ外れずに廊下で止まっていたのでほっとしました。廊下の先は勝手口の玄関になります。

私は鳥に呼びかけをしました。

「コラコラ、コラコラ」

と言って鳥を追い出そうとしたのです。

するとどうでしょう。こっちを向いていた鳥がパタパタと舞い上がり、立っている私の横を難なくすり抜けると、開けておいた縁側からすっと庭へ飛び立って行きました。

あっという間の出来事でした。それにしても、どうしてこんなにあっけらかんとしてわかり易いのか。家の中へ飛び込んだ雀や燕などはこうはいきません。隙があれば、家の二階まで上がりますからね。かといって放って置くわけにもいかず、どうしても家の中から追っ払う必要がある。それでこっちは悪戦苦闘するわけです。そんなことが何度もありました。

此の頃は雀の数がぐんと減りました。燕にしたところで同じです。何か地球規模的な原因があるのかもしれません。しかし一つの例外を挙げておきましょう。我が家の前の電線には時々群雀がつかまってけたたましい喧騒を呈しています。全部我が家の屋根の下で育った雀達と考えられます。もうかなり久しい以前から、雀が我が家の台所の軒にすいっと入り込み、すいっと出て行くようになりました。私に考えがあって、軒に雨樋を付けなかったのです。樅の木の細かい葉っぱ等はしょっ中雨樋に詰まって手入れが必要でしたからね。たしかに雨樋があると、雀はそこからは瓦の下へ潜り込むことができません。つまり巣作りができません。ところが以前は、雀は屋根の横合いから袖瓦の下に潜り込んでいました。瓦の作りが今ほど袖の工夫をしなかったからです。ですから風雨も入り込むし、雀も簡単に入り込むことができたという次第でした。

右の事情ということでは、雨樋を付けなかったことがよかったのか悪かったのかはよくわかりません。屋根裏に雀の巣があるということになると、必ず青大将の登場になるので、妻などは青ざめることになります。現に屋根瓦の上を這う青大将を何羽もの鳥が集団で襲うといった光景に私は直面したことがあります。よくしたもので、青大将は軒先を巻くようにして屋根裏にすべり込んで行きました。

さて懸巣です。餌のない冬場とはいえ、家の中へ懸巣が紛れ込むということがあるのでしょうか。ただ私の大雑把な感想を言えば、雀や燕を見かけなくなった反面、いろんな山の鳥が里に降りて来ているように思われます。我が家の庭にも大小の鳥が飛来しますが、かつてはこんなに賑やかではなかった。雌雄の雉子が現われるなどは絶対なかった。
それと、近年はよく庭で小鳥の死骸を見かけます。大きな鳥もありますが、小さな小さな鳥もあります。私の名前の知らぬ鳥達です。いずれも鳥の羽根の色ははっとするほど美しい。私はそれら鳥の死骸を見つけると、庭の土深く丁寧に葬ってやることにしています。鳥の死が目立つことも近年の特徴です。私の子供の頃は滅多にありませんでした。私は今でも鳥の名前に疎いのですが、あの頃美しい鳥の死が身近にあったら、事情はもう少し違っていたかもしれないと思うことがあります。

二月八日
富山市のホテルにいます。実は今日の昼、知己の女流詩人の祝賀会があるので、昨晩からこのホテルに泊っています。ホテルの窓からは、立山連峰が一望のもとに眺められます。立山を眺めながら、贅沢だな、と思います。この国は、昔から水と米と酒が旨いのだろうな、と勝手なことを考えながら眺めています。
妻は近くのマンションにいる娘夫婦の所へ珍しく早起きして出掛けて行きました。

いつもこんなふうにして、私達は娘夫婦の所へ来た時はホテルを取ります。朝食に孫達二人を招ぶこともあります。しかし今日は孫達の予定が混んでいて、折り合いがつきませんでした。

長女は、スケート、水泳、バイオリン。

長男は、水泳、合気道、サッカー、バイオリン。

ちょっとやりすぎだと思うのですが。

「何もプロを目指すわけではないんだから」

と、孫達の母親、つまり私達の娘は言っているので、私達はこの超過密スケジュールにもクレームを付けたことがありません。それどころか、今日の妻のように、通常は八時近くの起床の身でありながら、七時にはホテルの朝食を済ませ、八時前にはホテルを出て、孫達の予定に合わせるべく行動を開始しているのです。本当に、どうなっているのだか、ということになります。

女流詩人は、田中冬二が好きだったんだ、ということを思い返しています。冬二は、「北陸にて」という作品で、能生から入善までの国鉄の停車駅をずらっと並べて見せて、「何といふさびしい名であろう」と書いています。この駅の名前には、親不知、市振、も加わるのですが、親不知、とは珍しい漢文読みであるし、市振、はイチブリが正しいのか、イチフリが正しいのか、という問題もあり、発音した時の音にかかわるものだけに決着をつけねばなりません。まだあります。親不知の近くに歌という集落があります。歌にはかつて民宿が一軒ありました。物好きにもそこへ私は泊って、イチブリか、イチフリか、を民宿の亭主に聞いています。どうもこれがはっきりしないのです。親不知で魚を売っていた青空市場の老人にも聞いてみました。彼ははっきり、「イチフリ」であると言いました。他所者が虱潰しにこんなことを聞くわけにもいかず、この問題は私の中では棚上げです。

祝賀会は盛大なものでした。私はこんな祝賀会を経験したことがありません。百五十人もまだもいたでしょうか。普通はこの三分の一位でしょう。それでも盛大ですよ。それ自体がショーであったとは言葉がよくないと思いますが、アンサンブルあり、ソロあり、合唱ありという趣向でしたから、演奏する方も聴く方も大変でした。何しろ乾杯の後からはアルコールが入っています。そうするとこれは無礼講になるわけで、どうにも騒々しいものです。

私は一般受付で入場した御役ご免の身でしたから気楽なものでした。二時間余り、隣りの席の男と酒を飲んでいました。こんな席では、独酌は具合が悪い。それもやりますが、のべつまくなし独酌では格好がつきません。隣りの男は酒のいけそうな男でしたから助かりました。お互い年とっていて、ビールなんかは飲まず、四方を見渡しながらちびりちびりとやっていました。但しこれは私の場合で、いかにもしぶしぶとした調子で過ごしたことになります。

詩人はとても美しい人でした。アンサンブル出演の夢みるような娘達が、ステージから降り立って宴会場を通り抜ける時は普通の女の子になって見えたのに比し、詩人は、ステージから降り立っても美しい人でした。津村節子の美しさにぽかんとしたものがありますが、我が詩人の美しさは意志的なものでした。彼女がセットしてくれた二次会では、私は彼女と向き合ってすわることができたのでしたが、洋服でも彼女の美しさは変りませんでした。どうも彼女の一番の美しさは、その意志的な口元にあることもよくわかりました。

この時一緒だった未知の編集者は、二次会が跳ねた後、実家へ帰るのだと言っていました。若い彼女は嬉しそうでした。実家とは、嫁に行った娘が里のことを言う懐かしい響のある言葉です。

「実家は何処ですか」

私のこんな質問に彼女はすぐ答えてくれました。

「入善」

冬二が書きとどめた、あの入善です。これには少なからず驚きました。噂の地名が現実になったのですから。こんなことも呑み込んで、二次会は過ぎて行きました。

二月九日
富山の朝は雪です。うっすらと積っています。こうした淡雪は、昼を待たずに消えてしまうことを、地元の人なら誰もが知っています。
私達は遅い朝食を摂るためにホテルの食堂へ降りて行きました。食堂は二、三人の客がいるだけです。それももう食事が終りかけています。窓から外の景色が見えます。外をゆっくりと人が流れています。急いでいる人、走っている人など一人もいません。ゆっくり、ゆっくり、人が流れています。ずっと先で、人が行列をなして止まっているのが見え、すわっと思ったのですが、そこにはゴーストップがあったのでした。人はかたまっていません。列をなして細長く止まっているのです。不思議ですね。歩いていると、前が止まったので前に倣って順に止まったという風なのです。早く行くために、ここぞとばかりにかたまりをなしてゴーストップを突破するといったふりなど何処にも見られません。ここでも、人の流れは止まっているのですが、苛つきがなく静かなのです。

間もなく朝の九時になります。妻といるのはこの時間帯まで。部屋には私だけ残ります。私にとっては、十二時までの三時間程が自由時間です。まとめて葉書を書いたり、ベッドにひっくり返ったり、とろとろとまどろんだりしています。家とは違う気儘ができます。

こまかい雪が絶え間なく降っています。しかし空は明るい。道路にはもう雪がありません。それでも寒いせいか、欅にふんわり付いている雪は、ふんわりしたままで残っています。よく見ると、欅の枝がかなり幹の下の方から放射線状にいっぱい出ていることがわかります。こうした欅の形状を見るのは私には初めてではありません。或る本の表紙絵がこうした欅の姿をしていて私は何ともよくわからなかったので、その道の筋の人に聞いたことがありました。そうしたら、それが欅だと言うのです。変だ、これでは材料は取れない。私の知っている欅は幹の根の方からすっと真っすぐ立っています。山の欅、藪の欅は皆んなそうです。それでこそ家の大黒柱とか中柱になる。考えてみると、山とか藪の欅は、まわりにいっぱい木立がせめぎ合っているために、余分な枝が淘汰された気味がある。

私はそんなことを思い出しながら、街路樹の欅を眺めています。クリスマスの頃は、枝にたまっている雪の雰囲気で白い電飾が付くことになるはずです。そうして雪国の街は雪のトレーニングに入って行くというわけでしょう。

きれいな路面電車ポートラムが通って行きます。男の子の孫は、この電車のことを自慢そうにライトレールとか言っていたな、という所までは思い出すのですが後はいけません。しかしとにかく流線型の電車であったことは間違いなかった。

この後妻は娘に迎えに来てもらってマンションへ行きました。マンションへ行っても、孫達が学校へ行っていていないのでは、からかうこともできず元気が出ません。母親と娘ということであれば、女達だけの話があります。私には私だけの、相手のいない時間があります。

二月十一日

杉堂へ帰って来ても雪に閉じ籠められ、身動きができません。昨日杉堂へ入る時に、雪掻きをしっかりやって敷石を空けたつもりでしたが、もうそんな痕跡は何処にもとどめていません。朝から雪掻きです。真夜中に除雪車が通ったので、車庫のシャッターに寄せられた雪も撥ねなければなりません。思っただけで気が塞ぎます。

昨日は、娘と昼食を済ませるとすぐ富山を出たのですが、倶利伽羅峠で吹雪に遭いました。猛烈な吹雪で、視界は五メートル位しかありません。仕方がないので、自動車道路を二〇キロで走ります。停車するわけにはいかない。避難場所がないのですから。こんな場合は、スピード制限か通行禁止の交通規制をかけるのが妥当なのでしょうね。とにかく、センターラインも何も、前が見えないのですから始末が悪い。妻の呼吸も苛立ちも伝わって来ます。「ゆっくり、ゆっくり」と彼女は急き立てます。急き立てているように聞こえるのです。それ以外言葉がなかったでしょう。

同じ自動車道で豪雨に遭った経験ならあります。これは五メートルの視界もなかったでしょう。一メートルもない。さすがに恐怖を覚えました。

雨にしても、雪にしても、多分ひどく降る場所というのがある。その場所を突破しさえすれば、後は嘘のようにおだやかな空がある。地震にも、洪水にも、これとよく似た現象がある。その場所さえ外ずしていれば助かる。まさに死活の問題、明暗の境界線が敷かれている。運命の境界線のようなものがたしかにある。

この吹雪の経験を、射水の美しい詩人宛の礼状にちょっとしたためました。私達は、人を招んだり、人から招ばれたりするのですが、こんなことがずっと順調に運ばれるとはかぎらないでしょう。しかしこれをしなくなり、応じられなくなった時は警戒しなければなりません。

むろん後のことはわからない。考えてもどうしようもない。だからそんなことは考えないことにする。こうした結論はその都度かならず得られるものであるわけですが、私の場合は、性懲りもなく、どうかするとこれを繰り返していることに気付きます。

岐阜に住む、元徳山村住民であった男に電話をしました。彼は丁度私より一回り上の老人で、家の中を歩く時はなかなか遅々として進まないのだということを彼の細君から聞いていました。雪のこともあり、御機嫌伺いのつもりで電話をしたのでした。

「外を歩く時はそうでもないのですよ。案外人が変ったようにさっさと歩くのです。

あれはどういう加減なのでしょうか。人に見られているという意識が何処かで働くんでしょうね。人前では格好つけなきゃいけない。みっともないことはできない。そう考えてみると、リハビリなんかに週二で出掛けるのは、リハビリ以上にきっと効果があることになりますわね」

彼の細君は、『徳山村のレシピ』という本を最近出して、身内以外でもぽつぽつ読まれています。すこぶる聡明な女性です。おばあちゃんおばあちゃんしているが、美人であったことがすぐにわかります。若いころすこぶる美人であった人は、年とっていくと男顔になる。この定説は譲れません。但しこの場合、「すこぶる」という限定付きです。彼の細君も何処か男顔になってきました。

「はあい」

電話の向こうで彼の若い華やいだ声がします。

「そう、それじゃ、あんたん所の雪は徳山村ほどあるのかね。そいつはきついな。僕んとこ無いよ」

まるで一方的です。私は廃村になった徳山村を知っていますが、徳山村の雪は知らない。ただ想像はつきます。

もう何年も前になりますが、妻の運転で冠山を急登して、同じ道を引き返す勇気が失せてしまったので反対側の道を下ることにしたことがありました。反対側からも車で人が登って来ている。とすると道はある、というわけです。

私は地図を見るのは好きです。得意でもあります。地図の上では私の頭は敏捷に働きます。どうやら私達は揖斐川の一本の支流に沿って下っていたことは確かでした。狭い狭い谷です。つい最近まで人が住み、河岸段丘の田畑が営まれていた。支流といっても、道の遥か底の方を流れていたから、さしずめ渓流といったところでしたが、左岸から右岸に架かる吊り橋のような橋は未だ朽ちていませんでした。

私はそうした橋に出くわす度に、右岸に展開する河岸段丘に人影を求めてきょろきょろしました。詮ないことではありましたが、私は元徳山村住民であった知己の幻の姿を探していたのです。

徳山ダムは建設の真っ最中といったところでした。何十台ものダンプ、何十台ものトラクター、クレーン車、ユンボの戦場でした。人一人が入り込める余地は何処にもないような更地が展開されています。こと此処にいたって、私は彼の姿を追うのをやめました。

以下は電話での彼とのやりとり。

「何してたの」

「二人でレコード聞いてた」

「いいなあ」

「そうか。何もすることないからだよ。今日はリハビリ。これは仕事。昨日は何してたかなあ。年金法改正の新聞記事切り抜いてた。これも仕事。あそうだ、レコード鑑賞も仕事だ」

老人の声には張りがあります。プールへも行くらしい。

「なに、水の中を歩くのよ。泳ぐんじゃない。泳ぐのは卒業した」

この調子だと私の調子の遥かに先を行っています。私も気が向けば運動公園を歩く。早朝とか夕方にはまず人はいない。トランペットを吹いている男だけ。気持がいい。泰山木の大振りな花は芳香を放つ。剪定をしないから、冬の間に雪にやられて無残な姿になっているのが多いが、それでも私は泰山木を一本一本訪ねて花を数えている。花は一日で終りである。そんなこともわかった。

「君のは気まぐれってやつだよ。歩いていて汗かくか」

「いや」

「そいつはいけないね。運動になってない。肥満に糖尿に心臓病。僕はそれだけはやっていない。病気でやられるのは嫌だよ。老衰でいきたいな。加齢による何とか。あれでいきたい。ここまで来られたのは光江さんの御陰です」

彼は自分の細君を決して呼び捨てにしません。女房とも、家内とも言わない。ずっと光江さん。今後もそれで行く。そのことだけは、彼のこととして私にははっきりわかります。しかし、電話の向こうでは、光江さんは彼を呼ぶ時、「おとうちゃん」と言っているのが聞こえます。

二月十五日
朝から雨。新聞を取りに行った時、雪の上に猫の足跡が付いていたのが、もうそれからだいぶ経って、雪の上の足跡が消えかかっています。これ以上雪が降ることはあるまい、と勝手に思う。年末に降った雪が、だらだらと根雪になってここまで来ました。さっと降って、さっと消えるのではない。とにかくだらだらしています。こうした季節の移ろいは、確実に人に影響し、人を作る。何百年、何千年というベクトルでものを考えなければならない。今日明日で計られるベクトルではない。であるならば、このベクトルを生かすのが有効だということになるでしょう。毀すのではない。むしろそれを武器とせよ。こんなふうに考えることができると、人の頭はもっとのびる。勉強にしても、点数だけが能ではない。それは一つの能力ではあるけれども。

子供の頃は、登校する途中の雪の雑木林の中に、毎日無数の兎の足跡を見ていた。何処にこんなに野兎がいたのだろうと訝るほどに、足跡は雑木林を埋め尽していました。まさか一匹の兎がこんなに足跡をつけるはずもありません。そのくせ私は四季を通して一度も野兎を見かけたことはありませんでした。いつ頃からあんなにあった足跡を見なくなってしまったのだろう。私の記憶はその辺になると曖昧模糊としたものになります。子供の頃といっても、小学生時分はたしかに夥しい野兎の足跡を見ていましたが、中学生時分になるとそれがあったかどうかさえ確かな記憶がないのです。道は同じ道を通学しました。部落の景観も子供の数も変りません。小中併設校でクラスは一つ。生徒数はどの学年も五十名弱であったからです。通学路も砂利道であったし、田の畔も春になるといっせいにぺたぺた塗り上げられて輝いていた。まるでそれは、峠から見ると、長い冬の間死んだようになっていた田圃が息を吹き返し、今にも踊り出しそうに見えたものでした。小学校六年生にもなると、アンゴラ兎を飼う生徒が現われました。何でもそれは兎の白い毛を刈って金に代えるのだということでした。どういう理由でか、学校でも教材のために彼の兎を譲り受け、暫くアンゴラ兎を飼っていたことがありました。石炭箱の一箇所を破って網を張っただけの狭い家に、白いアンゴラ兎が大人しく一定方向を向いて凝っとしていました。皆んなはそんな赤い目をした兎を可哀相に思い、大好きで、悪戯をする者は誰もいませんでした。私達は当番を作り、家から人参やら野菜やらを持って来て兎にやりました。何カ月も経って、兎の毛が刈り取られ、僅かの代金が返って来て飼い主の生徒に渡されました。

「いいか、おとうさんに渡すんだぞ。たのんだぞ」

担任が当の生徒にそう言っているのを何人かのクラスメイトは確かに聞きました。ところがその代金は生徒の父親に渡りませんでした。担任が父親から返事がないのでたしかめたところ、父親は受け取っていなかったのです。これは後で判明したことではありましたが、生徒は兎の毛の代金を何処へも出さず、自分のために使ったのでした。その時も彼は下校途中に店に立ち寄り、鉛筆と帳面と下敷一枚を買ったのです。

これは、自分で使うものは自分で稼げという父親の厳命の彼なりの実行でした。しかしこのトラブルは、アンゴラ兎の引き揚げでけりがつきました。

私はついに野兎の姿を一度も目撃することなく中学を卒業しました。どうも野兎は夜行性の動物で、私が登校する時分には活動をやめて、巣穴深く潜り込んで眠っているのだろうというのが私の結論になりました。しかしそれにしても、いたる所でたった今撒き散らしたにちがいない無数の糞を見るにつけ、私は忌ま忌ましい気持を抑えることができずに、そよともしない雑木林の奥底を時々のぞき込んでは立ちどまるのでした。

二月二十一日

今日は天気の回復が相当見込まれることがわかったので、夜明け前から、シーツやら布団カバーの洗濯に入った。別に大したことではない。三時から四時頃にかけて起床するようになってから久しいので、夜明け前の一仕事というわけである。しらしら明けから戸外へ出、朝飯までの間に一仕事というのは田舎ではよくある話だ。朝食前に庭の草を抜く。畠を打つ。それから朝飯となる。何事も涼しいうちにというわけであるが、先祖代々の強欲が働いているかもしれない。一日をより有効に、長く使うわけである。

上布団のカバー、下布団のカバー、それにシーツの三点を一緒に洗濯することはできない。次手に枕カバーをシーツと抱き合わせにする。こうして都合二回洗濯機を回すわけである。この辺までは頭も回転する。結構まめである、と自分で思う。というのは、どうもまわりの亭主族はここまではしないらしい。布団カバーやらシーツやらを竿に吊して、両端を引っ張ってパンパンとやったりは絶対しない、ということらしいのだが、私はそのことで妻を軽蔑したり、哀れに思ったことは一度もない。要するにまめで楽な夫婦なのだ。男と女のちがいということなら、男は子供を生むことができないが、女はできる。それ以外の役割ということなら便宜主義というものではないかと言ったら、反対する人がいた。彼は男が子供を生む時代が来るのかも知れないと言うのである。私の言う便宜主義が着地点を失って私はギャフンとなった。

とにかく自分のことは自分でする。これは子供の頃の経験から来ているのかもしれないと思うことがあった。弟と二人で子供の頃何度も竃で飯炊きをした。その内母や祖母にまかせられなくなった。彼女達はいかにも鼻持ちならぬ不器用であったのである。別にさぼっているつもりはなかったはずであるから、度し難いものがあった。

今日の一日は次の通りである。

午前中は、雪で折れた泰山木の後始末。梯子をかけて折れた枝を落とす役目は私。高所恐怖症の私は三メートルも登るとふるえが来る。縄で体を木に括り付ける。凝っとこの日を待っていたのだ。今年の冬は泰山木が無残な姿になっている。毎年庭師を入れて雪吊りをする家は別だ。それをしない家の泰山木は、妻の話によると丸坊主になっていると言う。我が家はそこまでは行かなかった。しかし高い所で枝が何本も折れてみっともないことになっている。人に頼めば二万円也の請求があるところを節約した。私はこの外にも百日紅の枝を打った。何故この木が雪で折れるのか不思議で仕方がない。泰山木なら許す。しかし百日紅は許せない。最後に柚にかかるというので柿の木の枝も打った。

私の労働はこれで限界である。へとへと。ぐっしょり汗をかいている。「昼は何処かへ食べに行きましょう」と妻が提案する。異存はない。二万円也を節約したからそのご褒美というわけか。そんなことはどっちでもいい。

中華料理店でアンカケ焼きそばを注文。妻は飯抜きでシューマイ。ギョーザは六箇を二人で分ける。帰宅して私は昼寝。四時まで。キッチンへ顔を出したらコロッケが出来上がっている。カレーの匂い。カレーコロッケを作ることは宣言済みだった。近くに住む妹の家へおすそ分けに行ったのか妻の車がない。コロッケ一個をパジャマ姿のままで食べる。上出来。妻帰宅。おばば様へご挨拶はできなかったが、人がたくさんいた由。妻はそれから休む暇なく雛人形。面倒くさいものである。人形は娘達に夫婦で買った。娘達がまだいた時も、なかなか面倒くさいものであった。娘達がいなくなり雛人形は妻が一人で並べる。私の役目は、金枠を組む時、一方の枠を持っているだけ。ストーブを持ち込んで火をつけたのも私。六時半を過ぎているが、妻はまだキッチンに戻っていない。

二月二十四日

朝三時、無風。

風があると、外出は控えたくなる。どうも冬の風は音をともなうので苦手だ。家から車庫までの距離を考えただけでもうんざりする。この頃は外出の際はマフラーが必要不可欠になってきたが、それを連想しただけでも勇気が萎える。

二十四時間営業の店は友人の紹介である。彼は夜中の二時、三時にそこへ行く。その頃目覚めてしまうからだ。家人はぐっすり眠っている。息子夫婦も眠っている。彼は物音を立てぬようにしてそろりと玄関戸を開ける。車を車庫から出す。これが一番難しい。ドアの音は何とかなるとしても、エンジンの音を消すことはできない。そこで彼は、エイヤッと心の中で気合いを入れてエンジンをかける。

夫人の言い分は、真夜中の外出では、人に知られたらみっともないと言うのである。亭主の奇行は黙認する。長い間俳句をやっていて、その推敲のために河岸を変えてのぞむというのも悪くなく、おそらく有効だろう。そんなわけで、夫人から禁止命令が出ているわけではなかったから、彼はそこにつけ込むことができた。

深夜の店は滅多に客がいなかった。私はそこでコーヒーを注文する。女の子は一言、「ホットですか」と言うだけだ。料金は百円也。友人は「但しお代りのサービスはないぞ」と言った。お代りのサービスをする店もあるということだろう。

私はボックスに座って総硝子張りの窓から四方の景色を眺める。やはり二十四時間営業の食堂が交差点の向こう側に見える。店の並びには道一本隔ててコンビニの明りが見える。

店の中に一人いた若い娘と入れ代りに二人の娘が入って来る。野太い声で喋り始める。盛んに注文して盛んに食べる。注文の品が運ばれて来る度に「ありがとう」と言っている。昆布出しとか、味噌汁、漬物、おでんの話が出てくる。彼女達の仕事に関係する話のようにも思われる。その内年齢の話が出てくる。サラ金、児童手当、などの話も出てくるが、これは彼女達自身にまつわるものというより噂話であるらしい。何しろ私のいるボックスの後ろに陣取っている彼女達の話は、聞きたくなくてもよく聞こえてくる。盛んにものを食べながら話すので、話の脈絡はつかめない。

一時間もすると彼女達の話のトーンが突然低くなり、間もなくコトリと後ろのドアが開く音がして彼女達はいなくなった。硝子窓には、私ともう一人、新聞を広げている中年の男が写っているだけだ。

二月二十七日

まだ車のタイヤを交換するのは早いだろう、と妻と話し合ったばかりだ。私達はよく天気予報を見る。一週間先、天気図なんかは二週間先を問題視する。

「まだ危ないね。あの寒波が問題」

といった具合だ。

弁当忘れても傘忘れるな、ではない。弁当忘れても天気予報忘れるな、といったところである。

しかし私が本当に信用するのは自分の鼻である。気圧の谷が来ると、鼻がぐずりとなる。ＮＨＫの天気図でもまだ気圧の谷の記載がない。それから一、二日後に大陸にくっきりと気圧の谷が現われる。どうやらこの鼻予報は私の他にも体験する人がいるらしい。

大した積雪でもなく、大した坂でもなかったのに、後輪がスリップして前頭部から道路わきの広告塔に突っ込んだ。広告塔は金で梯子状に出来ていて、車は大破したが、広告塔は広告の板が一枚破れただけでびくともしなかった。

夕暮れ時で折から霰が降り始めていた。私は注意しながら、四〇キロほどのスピードで小さな坂にさしかかっていた。坂にさしかかってすぐ、後輪がゆるやかに横すべりしていくのがわかった。道路の右側へ突っ込みそうになったので、急いでブレーキを踏み、ハンドルを力まかせに左に切った。その直後車は制御不能となった。制御不能とはうまい表現である。大破するまでの間に車はどうハンドルを切ってもいうことをきかなかった。車が突っ込んだのは道路の左側である。広告塔が無かったら車は谷川の水門の底へ頭から落ちていただろう。

運転席の側のドアは開かず、私は助手席のドアをこじ開けて外へ出た。狭い道路に車の後部が横になって停まっているために、右も左も渋滞が発生していた。ぱらぱらっと何人もの人達が車から出て来て車を引き抜こうとするのだがうまくいかず、四トントラックが出て来てワイヤで車を引き抜いた。この間十分位。実にあざやかな助っ人であった。

車はまだエンジンがかかったので、私は坂の上へ車を移動し、ありとあらゆる車を見送り、そのまま行きつけの近くの修理工場まで運んだ。車屋の女将は、大破した車の前で呆然と立ちつくしていたが、車から出て来た私を私と確認するまでに時間がかかった。運転手が生きているとは思わなかったのである。

「よかったよかった、よかったよかった」

彼女は何度もそう言って私を慰めた。

妻は八〇キロも出していたのではないかと私を疑った。雪道では、どんなに出しても四〇キロが限度である。このスピードでは雪国を知らないドライバー達を苛々させるかもしれない。しかしそこがプロとアマの違いである。私よりずっと先に運転免許を取得している彼女の忠告は黙って聞くより手がなかった。後で判明したことであったが、メーカーは四輪駆動の車を生産していなかった。少し前までは、この仕様は選択できたのである。

ここ連日北海道のオホーツク海側を襲う吹雪が報じられている。それが並でないらしいと考えるのは、要するに台風並の風速をともなっているからである。そんな所にも人が住んでいる。家やら車が雪に埋まっているのに掘り出すことができない。寒くて外に出られないからである。

一方で京都天満宮の梅の花がほころび、人々が犇き合っているニュースが報じられている。着物に下駄履きのご婦人の姿も見える。

とにかく、と私は考える。住むには京都の方がいいにきまっている。坪庭なんかを有する家もあり、私はへえと思ったことがあった。雪国ではそんなスペースは屋根雪降ろしの雪捨て場になること必定である。ところが、雪国のとある料亭の中庭にひょろひょろした木が何本も立っていたので聞いてみた。女将の回答は、毎年木を植え替えているのだということであった。こんなふうにして雪国では金もかかるのである。こんな金は何処も保証してくれたりはしない。庭木が雪で折れれば、何自然剪定というものよ、と高を括る我が家の方式が何処でも採用されているわけではないのである。

三月十九日

さすがに今朝の朝刊二紙には、赤蜻蛉の生態研究を推進している特命准教授と、その共同研究生とのトラブル殺人についての記事は出ていませんでした。しかしNHKのローカルでは、殺された院生の葬儀を終えた両親のコメントとして、何故殺されなければならなかったのか理由を知りたいとのニュースが流れました。この事件に関する限り、親族のコメントは初めてでした。

二人は准教授が前に勤務していた大学の師弟関係にありました。准教授が福井県の勝山に移り住むと、彼女も勝山に居を構えて赤蜻蛉の生態観測に没頭しました。麓の水田で羽化した赤蜻蛉を、勝山の報恩寺山頂で発見したのは彼女でした。これは赤蜻蛉が、夏に低地から高地に移動することをつきとめるものとなりました。当時の新聞にも掲載されたことを私はかすかに覚ています。というのは、もう何十年も前、私が随分と若かった頃、近くの浄法寺山頂附近でおびただしい赤蜻蛉の群舞を目撃した経験を持っていたからでした。変だなあ、不思議だなあ、というのがその時の私の率直な感想でした。だってヤゴは泥の中から生まれるものでしょう。山頂に田圃なんかない。そんなわけで、ずっと後に出た件の新聞記事によって私は大いに得心がいったという次第でした。

田圃で羽化したばかりの赤蜻蛉にどうやって印を付けるのか、そもそも田圃で羽化する赤蜻蛉を待つという時間と偶然をどうやって獲得するのか、私にしてみればこうした気が遠くなるような観測は次元のちがう別世界の模様でしかありません。考えられないこと、信じられないことの部類に属します。

私は彼等をとても可哀相に思いました。彼等が男と女でなかったら、こうした事件は絶対起こらなかった。私のこうした感想には多くの批判があると思います。加害者、すなわち男のエゴに目をつむるものであると。しかし私は、男女間の恋愛感情はエゴの共犯以外ではないと考えます。もしこれが、一方的なものであった場合にはエゴが問われるでしょう。それは男女間以前の問題なのですから。

次に、雪がいけなかったなと私は考えています。事件現場となったのは勝山市の農村部を流れる浄土寺川の一本橋附近といいます。新聞でもテレビでも現場が報道されました。三月中旬だというのにまだ路面が見えないほど雪が積もっています。雪国では日常的な、寂しさかぎりない光景です。しかしもう少し経てば、どことなく気配が変り、歌を歌い出しそうな、表情に変化が現われそうな雰囲気があります。この段階に入っていると事件はなかったのではないか。つまり事件は、春を待ち切れなかった。雪がすっかり融けて、地表に動きが生じるようになると、もうそれだけで人は気分を一新することができます。川は瀬音を高めていき、川自らがじっとしていられなくなるからです。

最後に、赤蜻蛉は越冬することができません。つまりすぐそこに赤蜻蛉の死が見えています。共同研究者はたじろいだのではなかったですか。赤蜻蛉は身内同然でしたからね。同時に自分達の死も見えてくるということではなかったですか。

三月二十一日

此の頃は真夜中に起き、そのままの状態で朝まで起きていることが多い。別に考えたわけではない。妻が夜の十二時頃まで起きていて、テレビやら裁縫やら、たまに俳句やら、サラダや煮物を作っていたりする時間帯は寝ていることにし、目覚める頃が丁度妻の就寝と入れ替ることになったというだけのことである。私の起きている場所はキッチンである。もう冬場はキッチンに限る。妻も同じ理由からキッチンの住人である。コーヒーも手が届く所にある。

それに、トイレが近くなった。二時間置きである。ギリギリ四時間の睡眠だとその間トイレは一回。最もトイレに近い部屋はキッチンである。長い廊下を歩かなくてすむ。

新たに寝室のわきにトイレを作るか、それとも上雪隠のわきに寝室を建て増しするかについてはぐずぐずと悩んだ。この解決はできていない。前者の場合、トイレが家の中に三個所もあることになり、後者の場合、これ以上まだ部屋が欲しいのかといった工務店主の意見等のために、どうしても頭の整理がつかなかったからであった。

キッチンでは新聞を読み、新書本を読み、興に乗れば憑かれたように日記をつける。日記はメモではない。感想、意見、批評である。何のために。己れと世間とのかかわりのために。そこから行動に出て行くことはない。問題なのは、きちんと、ぴったりした言葉で言えているかどうか。案外そうした言葉は身近な所に転がっているはずだと考えるので、もう一度新聞に手を延ばしたりする。小さな囲み記事ほど大事なのだと考えながら。どうしても満足のいく言葉に巡り合わない時は、そこで日記は中断する。若い元気な歌人が、よく、言葉、言葉と言って駆けずり回るのに、反発を覚えながらも同感する。

言葉にとことんつき合う。言葉に執着する。それがたたかいだ。行動に出ることがたたかいではない。言葉とたたかっていたら、行動に出る暇などないではないか。もっと言葉でたたかってくれ。それが言葉を専門にあつかう人の義務だ。我々の期待だ。言葉との関係を中途半端にしておいて、行動でもないだろう。それはそれ、これはこれではない。それはそれだけで、生涯を賭けても足りないではないか。若者よ外へ出よう、はよくわかる。若者はまだどっちへ転ぶかわからない。若者にはまだ無限の可能性がある。若くして言葉なんかに縛られるのは愚だ。言葉を抹殺せよ。言葉は最期の砦。この根拠を言葉で説明すること。

四月十六日

私も今年は七十七歳のまえ年ということになり、何となく我が家の長寿者に思いを馳せるといった心境になることがあります。そこですっと思いが行くのは祖母のことです。祖母についてはいろいろ気になることがまだ未解決のままあるような気がして今日にいたってしまいました。それならば、祖母が生きているうちに聞いておけばよかったということになるのですが、こんなことは誰にでも経験がある如く、祖母が死ぬなんてことは想像だにしないわけですから処置なしです。祖母は、私が高校一年の時に死去します。或る程度はその日が予定されていたとはいえ、私は大ショックで、月明かりの夜道を涙をぽろぽろ流しながら何処までも歩き続けました。私はその時ほど、自分がゲーテやモーツアルトでなかったことを恨んだことはありません。ただギシギシと夜道の砂利を嚙む下駄の音を覚えているだけです。

祖母は小さな小さな寺の出でした。檀家何軒。数えられる程の戸数。それで食っていけるわけがありません。小さな寺を支えていたのは、近郷一の大地主でした。同じ村にいたわけでしたが、この地主は、町にも土地を持っていて、今でもその地主の名前が町の名前になっています。しかし村の地主としての権限は戦後の農地改革ですっかり吹っ飛びます。あれはまさに革命でしたね。あんなどんでん返しは、日本の歴史にかつてなかったでしょう。むろん小寺は小寺なりに、以前から自治の道を探って来ました。祖母の弟は小学校の校長でした。彼は祖母より前に亡くなるわけですが、見舞いに行った祖母に、「熟柿がいくらも出来たやろに、ちっとも持って来てくれんのやも」と言ったというのです。語るも涙、聞くも涙というわけです。いくら貧乏しているとはいえ、姉の家に熟柿ならあるだろう。それならそれを何で持って来てくれないかということ。それは同時に受け取る側の貧乏の表現でもあったわけです。

祖母にはわからないことがありました。寺の出であるというのに、字が書けませんでした。このことは、戦後すぐの選挙で支障を来たすことになります。その頃は歳々国政選挙があったのですが、私はその度に祖母に字を教えました。「どうもり」と書くように教えるわけです。何度も書き直しを命じます。何とか読めるような字になるまで数度鉛筆で紙に書いて祖母は練習をします。はたして本番ではどんな字になったのか知る由もありません。今から考えると、大いに無効投票のおそれありです。「どうもり」は社会党から出ていた候補者でした。

祖母は歩行が困難になってから、実家の寺で行なわれる法要に行きたがりました。どうしても行き度い、と言うのです。両親の何回忌であったのか、弟の何回忌か、私は知りません。タクシーも、人力もありません。無茶な話です。父母は大反対。そこで私がリヤカーに乗せて行くことを提案します。父に都合がつかないこともあり、私の提案はすんなり通りました。しかし父には祖母を連れ出す気持等全くなかったのだと思います。それで私の提案に折れたのだと思います。

私はリヤカーの荷台に莚を敷き、その上に茣蓙を敷き、その上に座布団を置いて万全を期しました。後は、祖母が荷台の両脇の鉄柵にしっかりつかまっていてさえくれれば、ことは簡単に進行するはずだと考えました。ところがリヤカーの車輪が一回転した段階で既に想像もしなかった事態が生じました。祖母の身体が後ろに反り返ってしまうのです。これはどんなに荷台の傾斜を変えても、リヤカーを押したり引いたりしても、祖母の身体は反り返ったままで直りません。これにはほとほと手を焼き途方に暮れました。

結局、祖母に横になってもらうことにしました。座布団が枕です。たまに道行く人とすれ違ったりして、彼等は吃驚したような顔付きでリヤカーを覗き込むのでした。

寺は村の中の小高い山の上にありましたから、リヤカーは山の裏側に廻さなければなりませんでした。竹藪の中に、リヤカーの幅つついっぱい程の道がついていて、そのままぐいぐい進むと寺の横合いへひょいと出ました。寺の表の山門までは、何十段もの石段がついていて、祖母が子供の頃親しんだ道は、此の藪の中の道にちがいありませんでした。所謂古道というやつでしょう。

寺へ着くと、私は祖母と切り離されて離れの座敷に通されました。そして挨拶を受けました。

「お父さんの名代ということで、本日は有難うございます」

私はどぎまぎしました。父の名代など全く聞いていなかったからでした。

法要が始まりました。ここでも私は祖母を探すのですが、祖母の姿はありませんでした。ほどなくして、祖母は目眩がするとかで横になっている、心配には及ばない、という伝言をしてくれた人がいて、私はそれなりに漸く安心しました。この法要の際の私の座る場所にしても、私は最前列に押し出され、心細く座り心地の悪いものでした。とにかく嫌なことばかりで時間が過ぎて行きました。

法要の後は席を移して会食です。私はコの字型の床柱を背にした席に案内され、ここでも祖母の姿を探すのですが見当たりません。いよいよ会食が始まる段になって、祖母はのろのろと何処からか姿を見せると、コの字型の席の一番端から二番目の席にすわりました。気分がすぐれないのか青白い顔をしているように私には見えます。

会食が始まりました。私は大人達がそうしたように、汁椀を取って口にふくみました。油揚げと菜っ葉が浮いている汁でしたが、何とも味気ないものでした。出汁が塩だけという感じのもので、私は一口ふくむなり汁の椀を御膳に戻しました。祖母はと見ると、祖母の方は汁の椀を口へ持って行っただけで、はたして一口ふくんだのかどうかわからないまま、ふらふらと席を立ち座敷を出て行ってしまいました。よほど体調が悪いのだろうと私は思いました。しかし何としても祖母を連れて帰らなければならない。そのことを思うと、往路のことがあり、私は暗澹たる気持になって会食どころではありませんでした。

この日、家へ帰った祖母は、二度と再び立つことができなくなりました。しかしどんなふうにして祖母を家まで運んだのか、私の記憶からはいくら思い出そうと努めても蘇ることはありませんでした。

四月十七日

昨日の続きです。

祖母にはもう一つわからないことがありました。石榴に纏わる話です。

「甘い石榴貰って来ようか。甘い石榴のなる家を知っているんじゃあ。その家へ行って来う」

祖母の突然の提案です。家には誰もいません。九時頃でしたか、祖母は既に着替えています。黒の羽織です。滅多に改まった外出をしない祖母が着用する一張羅です。私もあわただしく着替えをさせられます。ちょっとおかしいとは思うのですが、とにかくそんなことを考える暇がありません。

それから私達は往還を歩き続けました。学校のある村に目指す家があるらしいということを私は何となく知っています。しかしその村へ就学前の私は行ったことがありません。

私達は長い道のりを歩き続けました。一里弱。ただひたすら汗をかきながら歩き続けた記憶があるだけです。村を一つ二つと通過して行きます。いずれの村も往還に帯のように沿っていて、そこへ黒い羽織に白足袋をはいた祖母と、帽子をかぶりいくらか改まった服装の私がてくてく歩いて行くわけですから、考えてみればそれだけでも異様です。何人もの人達と行き交います。稀に祖母を知っている人もいて驚いて話しかけて来ます。

「今日は何じゃいの」

「まあ、ちょっと」

といった具合です。

祖母は学校や高雄神社のある村の中心部を通過してすぐ往還を外れると、一軒の家に真っすぐついている道に折れて行きます。私達の住んでいる家とは比較にならないほどの、二階に窓のない大きな屋根の家です。途中祖母は道の脇にちらりと目を遣って心持ち歩行を緩めます。石榴の木です。いくつもの果がなっています。これだな、と私は納得します。しかしどうも祖母は私を出しに使っている気がします。つまり甘い石榴を私に食わせ度くてわざわざ私を連れ出したのではない。目的は外にある。祖母は件の石榴の家に行きたくて行きたくて、居ても立っても居られなくなっただけのことなんだ、ということを私は想像します。どうも初めからおかしい。それが、ここまで来ると、想像が確信に変ります。

「こんにちは、こんにちは、誰かいなりますか」

大きな家の玄関の戸を開けて祖母はそう声を発します。

家の中に誰か人がいるらしくもある。田舎では人がいなくても玄関に鍵がかかっていることはあまりないのですが、気配というのがある。案の定奥から人が出て来ました。祖母と同年輩位の老女です。ぞろりと着物を着ています。この時間帯では田舎では珍しいことです。

祖母は村の名前と屋号を言って相手に告げます。相手にはすぐに伝わりました。しかし怪訝な薄ぼんやりした表情です。祖母は更に今日の日和がいいことやなんかを短い言葉で話します。相手は少しは何かを呑み込んだふうに見えます。いずれにしてもぱっぱっと感動的にはいかない。このことは祖母にとっても当てが外ずれたことでした。そして相手は、玄関の前へ出て来ると、後ろ手で玄関の戸を閉めます。そこで祖母達は少し立ち話をします。ここまでです。子供心に、祖母がとても可哀相に思えました。恐らく祖母は、相手の老女と、家の中で、お茶ぐらいはすすりながら話をしたかったのではないか。そのためには、相手が家へ招き入れてくれなければなりません。これがなかったのです。

以下は後から考えた結果ですが、祖母の母は学校のある村の診療所の娘でした。医者の娘が何故貧乏寺へ嫁したのか、という問題があるのですが、これはよくわかりません。医者の娘に身体的欠陥があったのだという話を聞いたことがありますが不確かです。ただここで言えることは、祖母にとって診療所は母の実家ですから、おばあちゃんの家でもあるわけで、子供の頃はしょっちゅう行き来していたことが考えられます。そうすると、祖母が訪ねた老女は、血縁があって、年齢のよく似た従姉妹ではなかったかと思われてくるのです。わかりません。

帰りに石榴の木の下を通ります。

祖母がちょっと表情をします。老女に何か一言言ったかもしれません。老女は石榴の果のなっている枝を手繰り寄せて一個の石榴を私にくれます。

「どうぞ。何も愛想がなくて悪いね」

老女はにこりとして私にそう言いました。

それから私達は元来た道をてくてくと家へ帰って来ました。約一時間余り飲まず食わず。喉はからから、腹ぺこです。私は早速石榴を割り、中の種子をほじり出して口の中へ入れました。家の石榴の酸っぱさと何ら変るところがありません。この石榴の何処が甘いんだろう。しかし甘いといえば少しは甘いのかなあ、といった感じで、私はもう一口口の中へ放り込んで顔を顰めました。

四月十八日
祖母のことを書いたので、ついでに祖父のことを書きます。ついでに、というと何だか気乗りがしない感じで受けとめられるかもしれませんが、実は私はこの祖父を知らないのです。父が師範学校時代に死去しています。享年六十七。明治生まれの男ですから目出度い死ということでしょう。
若い頃は隣村の役場の吏員をしていて子供のような祖母を見初めました。寺に下宿をしていたのです。祖母には心を寄せていた馬車曳きがいた由でしたが、祖父は拉致同然のようにして祖母を連れて来てしまいます。この辺はなかなか強引なわけですが、別の事情もあったのだろうと思います。

祖父と祖母の年齢差は相当ありましたが、どういうわけか生まれて来る子供という子供を次々に亡くします。一番下の父、下から二番目の伯母が生き残ります。私が今書いている情報の全部が伯母の提供になります。もう一人、この伯母の上に十七歳まで生きた娘がいたのですが、この情報は私は高校時代の友人の母から得ることになります。「ひょっとして」ということで質問を受け、家へ帰って父に聞くと、たしかに上の姉が居た、墓はさんまいにある、というわけで調べてみると、小振りの墓がぽつんと一基独立して建っていました。友人の母は、女学校時代のこととして、突然学校へ来なくなったのだが消息はつかめなかったということでありました。

祖父は山の雑木が売れて金が入ると、三国の東尋坊へ遠足に来ていた伯母と伯母の村の友達をそのまま連れて山中温泉へ直行します。そこで一週間逗留。娘が楽しかろうというわけで友達も誘う。そんなふうにして金をつかう。この辺は私の好きな所です。

祖父は、朝に一合、昼に一合、夜に一合の酒を飲みました。夜はどう考えても一合では済まなかったと思うから、この男は、しばしば一升瓶一本を二日毎に空けたと思います。当時のことですから徳利ですかね。多分酒は二升徳利で買っていたでしょう。彼は夏場など、暑いものですから、芭蕉の葉を一枚切り取って来て、それを縁側に敷いて昼寝をしたといいます。まさかそのために芭蕉を育てていたわけではないでしょうが、私が子供の頃は屋敷内に芭蕉の木が何本もありました。これは、芭蕉布のためのものだったでしょう。

死の床にあってこの男は祖母に側にあった薬缶の水を所望します。祖母は近所の仲良しと祖父の枕元にすわってとりとめのないおしゃべりをしていました。祖父は渡された薬缶の取っ手を取ると、そのまま薬缶の口に自分の口を当て、くうっと一口水を飲みます。それが最期だったといいます。死に水を自分で取ったことになります。

六月十三日

ちょっと間が空きました。この間に藤森節子の死がありました。膠原病ということで難病指定を受けながらの闘病生活でしたが、彼女が偉かったのは、彼女はこの間、『女優原泉子』『秋瑾　嘯風』『少女たちの植民地―関東州の記憶から』『そこにいる魯迅』の著書を世に問うたことでありました。彼女の病気以前の葉書の字と、次第に具合が悪くなって行った葉書の字とでは、まるで筆圧が違って見えました。最も支えが必要な時に彼女は突然夫を失うのですが、私はこの直前に東京で夫妻と会っているので、にわかにはとても信じられませんでした。

「一九三二年生まれの私は、『満州国』鉄嶺に生まれて以来、ずっと中国東北部と関東州で育つことになった。魯迅小父さんに会って高い高ーいをしてもらうめぐり合わせはなかったが、ずっと中国大陸の地つづきの場にいて、魯迅と同じ空気を呼吸していた。魯迅小父さんが亡くなる日、一九三六年一〇月一九日まで」(『そこにいる魯迅』「はじめに」)

これに付け加えるものは何もないでしょう。この身内意識と同時代感覚が、彼女が魯迅と向き合った姿勢の全てを構成していました。魯迅に対する限りない愛とロマンチシズムはこれまでの魯迅研究に新たな地平を切り拓くものでした。それは魯迅をなぜやるかに切実に関係し、魯迅研究の動機を素手で提示するものとなりました。

私はそうした姿勢を心から支持しました。世の研究者に最も欠けているものが、こうした姿勢でした。研究者の仕事は、客観主義を標榜するための作為に見えて仕方がありませんでした。テクスト論然り。構造主義然り。何も無理に書かなくていい。本当に心の琴線に触れるものが出て来た時、その重い腰を上げるべきだ。

魯迅の研究者達の仕事は、余程作為から免れていると思います。それはちょっと類例がない程でしょう。一つは魯迅の生き方に引きずられてしまうのですね。

私は藤森節子の娘のような押しにはらはらしながら共感を覚えていたのでした。健気な人でした。印伝の小豆色の小銭入れは彼女が私にくれたものですが、私はそれに五千円也をしのばせて、今でも街へ飲みに出ます。彼女は全くの下戸であったと私は思っているのですが、小豆色の小銭入れの前に、何かの時にやはり彼女から藍色の小銭入れを貰い、飲みに行くのに重宝していたらボロボロになってしまったと書いたら、小豆色を送ってくれたという次第でした。だからといって、彼女が私の飲酒を承認したのではなかったと今でも思っています。

六月十九日

Aさん。あなたのお手紙は便箋七枚びっしりという長いものでした。冒頭に癌のことがありました。こうしたお手紙はこれまでになかったものですから、あなたが癌と闘っていられることは知っていても、改めて驚くという感じで驚きました。そしてそこに、既に腺癌と診断されていて、セカンドオピニオンにも出掛けたが、「がんばってください」と言われただけだったとも。「何をがんばるのでしょうねえ、今の苦しみ以上に何をがんばるのでしょう」ともありました。私は言葉を失いました。

私はあなたの苦しみを体験していません。従ってあなたの苦しみが本当にはわかりません。黄楊という樹木の連想から櫛の話になり、黄楊の櫛は使い込むと飴色の艶が出る、という所まで来て、「ちょっと中断します」とあなたは書かれています。それは、(腹痛と脚の痛み)であったと。(括弧)もあなたの表現です。便箋六枚目の終りのくだり。

私は絶句します。それから朴の葉の話にあなたは移ります。朴の葉が乾いた音を響かせて天上から舞い下りる話。これは元々私が持ち出した話にあなたが同感し、軽井沢の万平道のぶらぶら歩きも登場します。あなたと万平道を歩いたことはないけれど、あそこでは落ち葉が落ちて来る音が聞こえますね。唐松の細かい針のような葉が落ちて来る時は、さあっという音を立てますね。初めのうちは、それが何の音だか私にはわかりませんでした。葉が道に降り積もっていくのでわかったのです。あなたは樹木の話、花の話になると夢中でした。これなど、そうしていられる間は、苦痛を忘れていらっしゃる、と私は思うようになりました。あなたは、いっぱいいっぱい、それはそれは夢中でしたもの。

テレビの天気予報を観ていると、あなたはご自身がお住まいの地と、私の国との比較をしているのに気付くと書かれています。むしろ私を気遣って下さっていたのですね。

私が差し上げる手紙でも、あなたにいくばくかの慰みになるようでしたら、これまでと同じように差し上げることに致します。エスプリの効いたこと等、どう頭をひねっても出てくるはずがありません。凡人が、愚直に、しぶしぶと生きる姿なら、私の手紙にもいくらか出ているだろうと思います。それで退屈されないなら差し上げますね。今、しぶしぶ、と書きました。普通は、しぶしぶと生きる、とは言わないのでしょうね。誤用ですか。私はこれを雨の音に似せているのに気付きます。何と、私は梅雨が嫌いではありません。しぶしぶと酒を呑む、と言いたい気もしてきます。あなたの腹痛は、お若い頃、お酒が強かったことと関係がありますか。

六月二十一日

今日は日曜日。妻が家にいて、こまごましたことを朝からやっています。手を休めることがない。朝食の前に畑に出てカボチャとズッキーニの花付け。朝食が終ったらジャガ芋掘り。これはいっぺんには掘りません。せいぜい一列。

「手伝うかい」

という私の珍しい申し出に、「一人で充分だから要らない」と彼女は答えます。畑仕事は、豆トラ以外は彼女の仕事。畑に出ていることが楽しくて仕方がないと言うのですから、本当に土と暮らすことが性に合っているのでしょう。

ジャガ芋は掘りたてを二人の娘の所へ送ります。ジャガ芋にしても、そろそろ取り頃の茄子や胡瓜やさまざまなサラダ菜にしても、無農薬で育てているので、娘宅ではすこぶる評判がいいそうです。特に二女の長男坊は、馬が草を食うようにしておばあちゃんの野菜を食べるのだと言います。妻はそれを言いながら目を細めるのですが、馬が草を食うように野菜を食べたのは、実は私なのです。おまえは馬が草を食うように野菜を食べる、と言ったのは私の母でした。まあ、飯の菜といえば、我が家では一汁一菜ならまだましな方で、ほとんど一汁か一菜でしたから、菜っ葉の炊いたのでも供されれば、それだけを食べた。私は菜っ葉の炊いたのは好きでしたから、その季節になると一菜が少しも不満ではありませんでした。大人になり、酒を覚えてからも、どうかすると、酒の肴に菜っ葉の炊いたのを所望した位でしたから。

妻が私を必要としないということですから、既に着替えてしまった私は家へ入るわけにはいかず、草刈機で裏庭の草を刈ることにしました。何しろ庭が広すぎて、一本一本手で草を抜くなどという作業は通用しません。草刈機でソロソロと前進しながら草を刈ります。梅雨に入ってまだ一週間。この時期が勝負です。面倒くさい、まいいか、等と言って高を括っていたら手痛いしっぺ返しを食らいます。

さて草刈りです。庭にはいたる所桔梗が生えています。栽培種ではなく、山から取って来た山桔梗です。野生です。種が飛んで、あたりかまわず生えています。野生は強いものだと実感します。この桔梗を妻は重宝します。家中さかんに活ける。人にも分ける。庭中桔梗だらけですから見物人も来る。皆さん感心して帰って行く。こんな訳で、草刈機をあつかう技術も高度なものが要求されます。要するに田圃の土手やら藪を刈るようにはいかない。むしろ細心の注意を払わねばならない。作業が終るとへとへとです。やたらと頭がガンガンする。喉がカラカラに乾いている。草刈機の音と、排気ガスにやられたということでしょう。

六月二十二日

庭の続きです。

我が家には石が三個、灯籠が三基、石塔が一基あります。

石はいずれも川石で、一つは仏石、その側にねまり石、少し離れてすわり石があります。石の命名は私です。あなたにはくそ面白くもないでしょうが、命名者本人は案外悦に入っています。ねまり石とすわり石の区別などが微妙でしょう。ねまる、は文字通りねまる。べたっとすわる。すわるは腰掛けといったところ。尻のついている部分が、全面的ではなくて部分的である。いつでもすっと立てるすわり方になります。

こんなふうに命名してみると、不思議なもので、それなりに石に愛着が湧くのです。他人、他人事でなくなるのです。乱暴なもので石はいずれも古墳から持って来ました。

したがって石は、石棺やら石棺の付属品といったものです。ねまり石などは石棺の蓋でした。むろん古墳ですから、須恵器や鉄剣や鎌や砥石などの出土品がありました。この内の砥石については、歴史館に寄託しています。珍しい出土品であったからです。まあそんなことはどうでもいいでしょう。こんなのは拾得物と見做されるんだそうですね。そうするとこれは、引き取り手がないかぎり、つまり自分のものであるという人物が名乗り出ないかぎり、拾得者のものになるということでしょう。残るは古墳は誰の所有であったのかということになるわけですが、古墳の山は私の先祖代々の所有でありました。

その頃はまだダンプとかユンボとかがなく、我が家へ土を運こぶにしても、馬車こそ使ったけれど全て手作業でした。鍬で土を崩し、スコップで馬車に積み込みしながら、人足を雇って何日も作業を続けたのでした。古墳の石にしても、下から上へ上げるのではなしに、山の上から下へ降ろすのですから、労力の点ではそんなに困難な作業ではありませんでした。かくして我が家には大小の石が何個も運び込まれたという次第でした。

灯籠三基については、元興寺形献灯二基、雪見形庭灯籠一基。この外に十二層の多層塔一基。特に献灯のうちの一基は巨大で、台風で木が倒れて台座から上が泉水に落ちた時、人足三人が一日がかりでかからなければなりませんでした。

自慢になるようなものは一つもありません。今書きましたように、灯籠の建て直しに手間代だけで十万円。多層塔近くの杉の芯止めで同じように手間代だけで十万円。杉の根が張って来ると、多層塔がかたむく恐れがあるからです。まだまだありますよ。別口の樫の木の伐採に三十万。同じく別口の杉の木の伐採に三十万。いずれも大型クレーン車を導入しました。このクレーン車は隣家の敷地に入れなければ用をなしません。御礼に酒二升。又はビール一ダース。屋敷の樹木も百年を越しますと、大いに隣家へご迷惑を掛けるようになります。烏が巣を作る。子育て期間中は早朝からカアカア鳴きっ放しです。私でさえたまったものではないのですから、隣家の迷惑の程は察するに余りあります。

いずれも私が植林した樹木ではないので自業自得というには当たらない。恨むなら先祖を恨めということになりますが、先祖はもういないわけですから、私の気持の持って行き場所がない。せいぜい、家のまわりには樹木を立てるなということ位。これにした所で誰に向かって言ったらいいのか。息子はいるが、家を継ぐ意志は毛頭ない。

家を継ぐために自分のしたいことを我慢することだけはよした方がよい、と私が息子に言い続けて来たことですから、これなどは私の子育ての成果と言えます。どんな不満がありますか。不満は無いが金が要る。この不満の持って行きようがありませんね。

六月二十二日
『二十億光年の孤独』の中に「山荘だより」四篇があります。

からまつの変らない実直と
しらかばの若い思想と
浅間の美しいわがままと
そしてそれらすべての歌の中を
僕の感傷が跳ねてゆく
（その時突然の聚雨だ）

（「山荘だより3」）

そうか、からまつは実直か、しらかばは若い思想か、ということになるのですが、これらを、少年は「夕立が降ってくると、トタン葺きの屋根が鳴る」唐松林の中にある家で書いています。これがみそでしょう。ここに少年の目線が据えられていたために、「実直」と「若い思想」が、胸がしめつけられる思いでよく見えたのだということでしょう。

七月一日

軽井沢は今日は雨です。軽井沢の雨は追いかけるように降る。風景の中に逃げ道がない。雨では仕方がない。運転にも自信がないからホテルをぶらぶらするか、そうはいってもラウンジでコーヒーを飲む位が関の山ということになりますが、部屋に戻ってベッドにひっくり返ったりするかしています。ベッドにひっくり返っていればいつの間にやらうとうとしている訳で、時間はたちまちのうちに過ぎ去ります。

こっちへ来る時に、山崎正和の談話記事が載っている新聞をつまんで来たのですが、いろいろあって気になったものですから、改めて目を通しています。新聞片面全部が山崎正和です。山崎の略歴に拠ると、彼は一九三四年生まれですね。若くして、随分とおじいちゃんに見えていたのですが、私とあまり変らない。私の五、六歳上なら、私は彼らを兄貴分として数えるならわしがいつの間にやら身に付いてしまっています。私は子供の頃、五つ上の叔父を「あんちゃん」と呼んでいました。心根が優しく、大人しい叔父で、一度も怒り声を上げげたことがなく、戦死した兄に代ってただ黙々と百姓仕事に精を出していました。しかし彼は、今でも私にとっては若い。むしろ力仕事などということになると、私より遥かに若々しい。

山崎正和は違っていました。私にとっては最初からおじいちゃんです。それは、山崎正董の孫であったということも大いに関係しただろうと考えています。何しろ横井小楠研究の嚆矢が正董ですから。

そこで山崎正和に戻りますが、彼は日本の自民党は、アメリカの民主党より「左」であると話しています。右とか左とかには一服してしまうのですが、こんな時にはわかり易い。そうすると、私のような人間には、右とか左とかは未だ十分に有効であることになります。まだあります。山崎は戦後民主主義を第一に信じ、時代の子たり得ることを自らに任じているふしがあります。言い方は正確ではありません。民主主義は日々生きている訳ですから、それを終末的にとらえるのは彼の理念から外れます。

彼は市井人として戦後民主主義を押し通そうとしています。私の経験では、戦後に学校教育を受けた連中が、さっぱり戦後民主主義を理解していない事態によく直面します。「はあ?」という訳です。「どうなってるの」という訳です。彼等は三権分立をまるで知らない。わかり易く言えば、三権分立こそ戦後民主主義の根幹でしょう。何も、立法と司法と行政でなくてもいいんです。物事を押し進めるのに、この三権が尊重されて初めて無理なくことが運ぶ。いろんなケースにこの三権尊重が応用されるべきである。これが看過されると無理が横行することになる。無理無体が罷り通ったのが戦争ではなかったですか。

とまあこんなふうに山崎の戦後民主主義と向き合うのです。新聞をつまんで来たのは、山崎について私にふらっと来るものがあったからでしょう。彼には、私の愛読する『鷗外・闘う家長』もありますしね。

七月二日

一人旅の効用というのは、夜中であってもパチンと部屋の明かりを勝手に点けることなどいっぱいありますね。これは夜中に観たいテレビの場合でもそうですが、妻が同じ部屋にいるのでは絶対できない。迷惑千万です。同じ部屋で私が早く寝る、妻が遅くまで起きている、ということでも遠慮が働く。好きなようにすればいい、というわけにはいかない。私が早く起きて本など読みたい時は、スタンドに布を掛ける。それで妻のベッドの方へ明かりが行かないような工夫をする。風呂敷など運よく布があれば助かりますが、何もない時は鞄の中からシャツなど探し出して来てスタンドにかぶせる。まあ涙ぐましい努力をするわけです。これが一泊か二泊ぐらいなら何とか我慢するにしても、何泊かするということになると自分に嫌気がさしてくる。なさけなくなる。こんな具合なら余程家がいいということになります。

家では妻は離れの二階、私は下。私の寝室の隣りは私の部屋になっているので、夜中でも本が読みたければ、その部屋でパチンとやればいい。夜中でも夜明けでもテレビが観たければ、寝室からぐんと離れているキッチンへ行けばいい。そこはキッチンだからコーヒーもある。冬場は床暖房が効く。

要するに私達は家では各々勝手なことをしている。気儘放題、好き放題。こんな料簡が一つ部屋で解決できるはずがありません。それで私達は二人で旅行するとぐったりして帰って来ます。これは旅のスケジュールで疲れたのではありません。お互いに不自由であったために、口を利くのも嫌になって帰って来たのです。旅行というのはこの逆の結果が出なければならない。金を遣って被労困憊では何をしているかわかりません。家とは違う快適を求めるのが旅行でしょう。

その点一人旅は全くよろしい。食事以外は快適です。食事は毎日のことなので閉口です。ホテルの食事は品数が多い。つまらんものをいくつも付けている。値段をつるための細工ではないだろうが、第一値段がべらぼうに高い。どんなに頑張っても一品なら千五百円位でしょうが。それが朝食でも三千円を軽く越える。こんなことならサンドイッチと牛乳でいいやということになる。私の利用する食堂ではソムリエが料理の組み合わせを考えてくれて何とかなっている。一品ずつオーダーからつまんで組み合わせてくれるのです。しかしこんなことは普通には考えられないことであるし、通用しないことでしょう。ソムリエの力量を超えてしまっています。気むずかしい老人相手に、五玉を降ろして接してくれているわけでしょう。

ホテルがチケットを何枚もくれたのでそれを持ってラウンジへ行きます。このラウンジは、ホテル側の言うテラスも付属していて、気候さえよければ楓の葉や栗の巨木の膚を間近に感じることができるスペースなのですが、私が辞書などを持ち出して何やらやっているものですから、コーヒーのお代りを持って来てくれたウエートレスが、「小説をお書きになっているんですか」と聞きます。採用されたばかりのような若々しい彼女はなんでもないような表情です。「いや、小説ではない。小説を書いた所で、私の小説は売れそうにない」と私は答えます。私は自分がいつになく正直になっているのに気付きます。彼女はぽかんとした顔をしています。嬉しさ半分、悲しさ半分です。こんなことは妻といたらなかったでしょう。

私にとっては、相手の発見ということがあるが、同時に私の発見があるということでしょう。一人でいると、相手も一人になって接してくる。相手の背後にはそれまでの人生があるのだが、そんなものをふっと忘れる時がある。私もふっと忘れる時がある。

七月三日

例年のことになりますが、ホテルの界隈は栗の花が満開で、入口から玄関まで栗の花の匂いが芬々としていて、そいつに迎えられながら車から降りることになります。今日は早朝散歩に出て、改めて栗の花の匂いを再認識しました。香りというより、やはり匂いと言った方がより近い栗の花が放つ一種独得の空気を嫌というほど感じました。こんな匂いは俺は好きではないんだ、といったことが頭を満たします。こんな匂いの中に一日中いたら俺は狂ってしまうだろう。こうした匂いを放つことによって栗は自己防衛をしているのだろうか。何を避けるために。一時間程歩いてホテルへ帰って来たら郭公が啼いていました。すっかり夏なんですね。

なでしこジャパンの試合を観て、ラウンジのテラスへ出てみました。今日は曇り空ですが、背広を着ていると丁度といった按配です。そこで、コーヒーとブルーベリーケーキを注文しました。ケーキなどもうこれで何年も食べたことがありませんが、例のホテルのくれたチケットで昨日と同じ注文です。

楓の樹にセットされている巣箱は朽ちたままです。片面の枝がぽっかり抜け落ちています。これでは巣箱の体をなしません。一年前だったか、この巣箱をいち早く見つけて、恰幅のいいウエーターに鳥が入っているか聞いたことがあったのでした。その時も巣箱はかなり朽ちかけていたからでした。

彼はにこにこして、鳥が入っていることを他人事みたいに答えました。多分巣箱を維持して来たのは彼だったでしょう。私は彼が他人事みたいに答えたことが怪しいとにらんでいます。それが何らかの事情で、面倒を見ることができなくなったのでしょう。樹にプレートが打ってあります。これはホテルが施策として打つ。しかし巣箱の架け替えまでは手が回らない。そんな所だったと思います。

霧が深くなって来ました。テラスの少し前が池ですから、池の向こうの樅や唐松の林を霧が深くなったり浅くなったりして横切るのがよくわかります。高山を登山すればこんな光景はよく見かけるわけですが、現実に霧の流れる光景の中に居住して市民生活を送るとなると格別のものがあるでしょう。霧の中を登下校する子供達。霧の中でキャベツやアスパラや蕪を作っている人達。そういう人達は、何処かが違う。違うだろうと私には思えてくるのです。彼らは、霧を食って生きることだってあるのではないかと。

ウエートレスがコーヒーのお代りを持って来てくれました。昨日とは違って中年の優しそうな女性です。彼女は私に何も聞かず、ただにこやかに去って行きました。いずれにしても、コーヒーのお代りは嬉しいものですね。昨日にしても、今日にしても、そのタイミングが実によろしい。

私は相当なうるさ型でしょうか。先日も白樺の熊澤君と雑談していたら、彼は、あなたは家の中では相当に気難しいでしょう、と言うのです。彼の言うことが大体わかりました。娘が何とも言えない溜息をついて電話の向こうで妻に同情した内容と多分同じなのです。娘の溜息ともつかぬ溜息を今ここで言葉で表現することはできません。言葉に置き替えたら嘘になります。いずれにしても、それは私の身体に染み付いてしまった救い難い何かであるわけでしょう。で私はというと、その何かをどうにかしよう等とは考えていません。それどころか、むしろまともなのはこっちだ位に考えているのですから。

テーブルの上でコップの水が揺れています。その程度に風が出て来ました。雨になるかもしれませんね。

メモ用の手帳を開いています。そこに大きな文字で、ミズキ、ヤマナシ、コブシ、ナラ、クヌギ、ヤマクワと記してあります。ぶらぶら歩きのついでにメモしたものです。水木を知らず、山梨を知りませんでした。水木のイメージは弱い。現物を前にしても自信がありませんでした。

山梨についてはこんな思い出があります。子供の頃、私より一つ若い村の少年が、さも自信あり気にこう言ったものです。

「裏山の大谷をどんどん登って行ってあっちへひっくり返るとな、山梨の木が一本あるんだぞ」

それだけです。山梨の果を取って食べたとも、甘かったとも言わないのです。こっちも癪に障るものですから、「それでどうだった」とも聞かない。お互い意地の張り合いです。

「山梨じゃさけの、山仕事では伐らんと代々残して来たんじゃろ」

こういう訳です。随分と大人びているでしょう。母子家庭だった少年は、毎日毎日山仕事に入る母親の尻にくっついて山に入っていたのです。むろん母親の仕事を手伝うわけですから、遊びに行ったのではないけれど、仕事に空きがあれば、一人でその辺の山を探検する。場合によってはどんどん山へ入って母親も知らないことを知るということにもなる。一度などは、一人で山に入って、山道で寝ていたことがある。さすがにこの時は村中大騒動になりました。多分少年は起きてみたら母親がいないものですから、いつものように母親は山仕事に行ったものだと思い探しに行ったのでしょう。しかし行けども行けども母親はいない。そのうち彼は眠くなり、脇道に迷い込んで寝てしまった。こうなると母親がすぐ近くの道を下って行っても彼には気付きません。母親は家へ帰って子供を待っているけれども、彼はいつまで経っても帰って来ない。昼はとっくに過ぎている。母親は子供を探して山に入る。それでも見つからない。ついに母親は村にいる人達を掻き集めて手分けして山探しをする。少年は彼等によって見つかるわけですが、彼等はこう言ったものです。

「あれは天狗に騙されたんじゃわ」

彼にはどこかそうした間の抜けたようなところがありました。それでいて、なかなか大人びたところもあり、私などはどんなに背伸びをしても追いつかない風格のようなものがありました。山梨の木を知っている等は、私にとってうらやましくもあり、うらめしくもあったということでした。

それからずっと後年になって、知人の登山家から山梨について聞くことがありました。

「あれはやはり植えたんだろうかね。たまに山里に近い所で山梨を見かけることがあるよ。白い花を付けるから遠目にもよくわかる。しかし食べる所なんてないよ。皮を噛るようなものだもの。あんなものでも、甘いといえば少しは甘かったのかね」

彼はおよそこんなことを話してくれました。

彼にしたところで一本の山梨の木との遭遇は滅多にない経験であったわけです。同時にこれは、子供の頃の件の少年が、彼自身山梨を食べたことがなかったことを明かしていました。彼にとって山梨はディフォルメされた何でありました。しかるにこっちは山梨の木など今だに見たこともない。これでは彼等にとうていかないません。

それが今度ホテルの駐車場でいきなり山梨の巨木に出くわしたのですから私は思わず息をのみました。傘のようにこまかい葉を繁らせた巨木には、「ヤマナシ」と書いたプレートが括り付けてあったので私にわかりました。私は山梨の葉の傘の下に入ってい霧のような雨を凌ぐことにしました。傘の下のアスファルトは広い範囲で濡れていてませんでした。私はしみじみとした気持で巨木を仰ぎました。こまかい葉の枝は手の届きそうな所にまで降りて来ていて、よく見ると、人差し指の頭ほどの緑色の果がついているのがわかりました。果の先には近頃花を落としたような跡があり、私は果の付いている五センチ位の枝を失敬することにしました。それを上着のポケットにしのばせ、手で圧さえながら車に戻りました。どうかすると、青梨の匂いとしか言いようのない匂いが流れて来ました。それは山梨の葉の匂いにちがいないと私は考えました。曾て少年は、山梨が甘いものだとも、甘くないものだとも言いませんでした。しかし私は勝手に山梨は小粒の果を鈴なりに付けるのだろうと想像しました。それは村の隣りの家に、小粒の果を鈴なりに付ける梨の木が昔から一本あったからでした。この梨の木は、いかにも邪魔者扱いで、広い隣家の屋敷の片隅に立っていたし、畑の作物の邪魔になれば無残に枝はいつでも切り落とされました。第一隣家は鈴なりの果を一度ももいだことがありませんでした。

ポケットにしのばせた山梨の枝を、私は大切に荷物と一緒に送るつもりでいました。しかしそうすると、細い枝や柔らかい葉っぱなどが傷むおそれがあります。私は誰かに、これが山梨だ、ということを知らせなければならないと考えました。そうでなければ、小枝を手折って来た理由にもう一つ不足するものがある。私の頭の中に何人かの人の顔が浮かんでは消えました。いったい私は山梨の小枝を誰に見せるつもりなのでしょう。意中の人は生きているにしても、それなりに反応を示すかどうか皆目わかりません。

私は帰りの電車の中で、荷物と一緒にせず、別に用意した紙袋の中にしのばせることになった山梨の小枝を思って何度も棚を見上げました。途中で乗車して来た客が棚へトランクを押し込めそうにしたので、私は彼を制して紙袋を自分の膝の上に置きました。覗いてみると、山梨の葉っぱの縁が少し黒ずんで見えました。そして、音を聞くようにして、私は山梨の匂いをかぐために顔を近付け、息を止めるのでした。

七月八日

Aさん、軽井沢から私が帰着するより早く、あなたの手紙が届いていました。私が軽井沢からお送りしたお菓子に対するお礼と、「風の盆恋歌」を再読した感想が記されていました。それはあまりに痛々しいお体の不調をまぎらわせるかのように、お菓子の紙袋にまで嬉々とした声を上げられるかと思えば、「風の盆恋歌」の女人の妙に馴れ馴れしい言葉遣いの手紙は嫌だったといった感想でしたね。この小説については、入院中耳がおかしくなるほど胡弓の音色を聴いていた由ですから、もうその時は既に再読も再々読もされていたんでしょう。（あなたの入院は知りませんでしたよ。一応書いておきます）それでもまだ足りなくて今度再読して女人の言葉が気にくわない、女人が歌を作ったりするのも更に気にくわない。あなたはそれを「ジェラシー」かしらと言っている。

Aさん。ジェラシーでも何でもいいですよ。とにかくお元気だということを確認できただけでも。

私は又日常に戻りました。そうはいっても、私の場合は軽井沢の継続です。人に葉書を書いたり、近くの行きつけの（毎日欠かさず行く）マーケットへ出向いて自分だけの食料の買い出しをしたり、そしてそんなことをすることが半日仕事である、ということでは全くの軽井沢の継続です。それらが大仕事になります。葉書一枚書くだけで、手紙一本書くだけで半日が潰れます。昼食の後は昼寝。これなんかは、どうかすると目覚めは三時。誰かに電話でもすれば四時。それからじゃが芋の皮を剝く。まだじゃが芋の皮はつるりと剝けます。そろそろ限界かな。畑のものを収穫するのは妻の仕事。畑は元々好きではないので、妻に言われるまではしません。根性がずぼらに出来ているんでしょう。妻はどうかすると一日でも畑にいます。前に書きましたかね。そういう人がいるのです。土いじりが好きというより、土いじりをしていると安心が得られるということでしょう。いずれにしても個人的な事情です。そう考えて、私は素知らぬ顔を決め込んでいます。

退職したら、料理屋でもやるかな、と考えたことがありました。考えるだけでも楽しいので考えたのです。料理を作るのが嫌でないからでした。しかし研究熱心というほどではない。野菜を炊く。饂飩を茹でる。刺身を作る。天麩羅を揚げる。こんなことなら並以上にできます。私の揚げた鯆は尻尾がピンと立っています。どうしてそんなことができるのかおわかりですか。ガスコンロの天麩羅の指示目盛りに忠実に従っていたのではできません。一切を無視して、ガスのつまみを手動で動かすのです。いかに油を高温に持っていくかが鍵なのです。

店の客は六、七人に限定する。一人で切り盛りするにはその位が適当でしょう。全て予約制でいく。材料は地場産。酒は実費。一日五千円程度の手間代が出るような値段を付ける。この酒が実費というのはいいでしょう。銚子の底上げをしたり、銚子を細くしたりして酒でも稼ぐ店があるでしょう。あれなどは料理屋の風上にも置けません。酒は料理ではないからです。酒は甘口と辛口の二本だけ。よく酒の瓶を五、六本も並べて好きな酒をどうぞというのがあるが、酒は栓を切ったらおしまい。

もう一つは庭の改造です。手入れなんてものじゃない。改造。あれを何とかしたい。

せめてぐるりと人が歩くことができるようにしたい。新しく樹木を植えるより前に、今ある樹木をせめて樹木らしく眺められるようにしたい。

せっかく植えた木槿が枯れてしまいました。私は木槿の花の色はピンクが一番と決めているのですが、やっとピンクの花を付けるまでになったかと思ったら一年にして枯れてしまいました。原因は何だと思われますか。私は当初屋敷の地下を水が走るためではないかと考えました。実際下水管を埋める為に業者は水を掻き出すのに閉口しました。場所によっては水がもくもくと湧き出す始末です。それならそれで泉水にでも引いたらどうかという話になるのですが、この水の水位はそれほど高くない。つまり我が家の屋敷が低いために、垂れ水が逃げて行かないというのが実情とわかりました。がっかりです。泉水に寄せるロマンも失せました。

では何故木槿が枯れたのか。妻によれば答えは簡単です。ありとあらゆる蔓草が巻き付いたからだというのです。そうかもしれない。蔓草は椿を引き倒して枯らしてしまいます。柊でも山もみじの木でも。多分彼女の言うことはあたっているでしょう。蔓草はこまめに切ってやらなければいけない。そんなことなど私は一切してこなかったわけですからずぼらにも程があるでしょう。まずその辺から心を入れ替えて取りかかる。一つ一つである。一本一本、一坪一坪である。欲張らない。そういった心懸けが塵も積もれば山となる。

私は殊勝にもそんなふうに誓って庭の改造に取りかかったのでした。まず雑草を払う。これを草刈機でやる。これで屋敷を一廻りしたら腰が動かなくなりました。中学生時分からの腰痛の再発です。どうにもこうにもならなくなり、ついに杖の世話になりました。立ってしまえばそうでもないのですが、しっかり立つまでが難儀で、腰を残して首を突き出すようにして歩く姿は、自分で見ることができないこともあっていっそう哀れに感じられるのでした。

「いい加減にしたら」

妻はさり気なくそう言います。初めから結末を見越していたような言い方です。

料理屋の方はそんな訳で立ち消えになってしまいました。庭の改造と料理屋は結び付いていたのですから。料理屋をやるのなら、それに見合う庭というのがあるだろう。荒れ放題の庭をそのままにして料理屋はないにちがいない。まだあるのですが今日はこの辺で。

七月二十五日

村の社会奉仕に出て蜂に刺されました。よくあることです。足長蜂です。私が竹の竿でちょっと巣を突ついたのがいけなかったのですが、その時彼等の住処は所謂蜂の巣を突ついたようになり、その内の一匹が矢のように私に突進して来ました。この経験は前にもあって、私は蜂をかわすなんてことは到底できませんでした。避けようがないのです。そして軍手の上から私の右親指の裏側に針を刺し込んだのです。イタタです。痛いのなんの、こん畜生というわけです。親指はズキン、ズキン。私に目眩のようなものが来ました。世の中が暗くなります。ちょっと待て、こんな筈はないぞ。たかが足長蜂の一匹ぐらい、これまでに刺されたことはいくらもあるのだ。私は村人達の所へ行って事情を話しました。

「いかんいかん、それはいかんよ。自分も刺されたが、暫くするとぱあっと蕁麻疹が出て、慌てて日赤の救急へ駆け込んで診てもらったら、血圧が非常に低くなっていて危ない所だったと言われました。なめたらいかんです」

若い男がこう言って私に忠告します。私も別になめているわけではなく、痛くてたまらんから皆さんに事情を話したのですが、決心はその瞬間につきました。私は村人の中では一番の年長者であったのです。こんなふうにして、人はころりと逝くことがある。あっけない幕切れ。

さいわいにして、右手の親指やそのつけ根の所が腫れ上がっただけで、皮膚や腕が紫色に変色する等ということはありませんでした。むろん近くのクリニックでの処方後になりますが、その日の夕方までにズキン、ズキンもほとんど無くなり、娘の所へ行っている妻の、まだ電車があるから帰ろうか、という提案を押しとどめることができました。一人でいても、私はまだどうにか運転できたからよかったものの、運転ができなければどうしても救急車ということになるでしょうね。蜂に刺されて救急車で運ばれる。何だか救急車の制度が出来たての頃の新聞の三面記事のようですね。

若い頃は、蜂に刺されたこと位で何のその、柿の実を叩き潰してその柿渋をこすり付けりゃ直ってしまうがい、と豪語していたのですが、柿の実を叩き潰すという元気さえさっぱり出て来ない。面倒といえば面倒であるが、それよりも、それをやるかという元気がない。とにかく受け身です。こうなってこうなる、です。

七月二十八日

朝の二時です。昨日は屋敷をぐるりと草刈りをしたのでへとへとになり、缶ビール二本でバタンキューでした。こんな日の翌朝は二時か三時起きになります。いくらかの心地よい疲労がまだ残っていますが、気分は爽快です。

突然鳥の啼き声がします。一声、二声。青鷺です。この辺ではまだ暗いうちから夜明けを告げる鳥ということになりますかね。子供の頃五位鷺はいたが青鷺はいませんでした。青鷺をよく見かけるようになったのは近年になってから。青鷺は我が屋敷の泉水にもすくっと立っていてザリガニを獲っています。一度などごく間近で青鷺の目玉を見たことがありますが、形容し難いほどきれいだった。砂色の目をしていて西洋の女人のようでした。裏山ではたまに鹿も啼きます。しかしあれを鹿の啼き声とわかる人はまだいないでしょう。

七月二十九日

今日は知人と岡崎純さんを見舞いました。昨日御自宅に電話したら本人が出て来て吃驚してしまいました。入院中とばかり思っていたものですから。でも、そんなことはどうでもいいのです。お元気なうちにお顔を拝見したい。そう電話で伝えました。「しかし退院して元気なんだからそれはいいよ」というのが本人の弁。なかなか論理的で強気です。岡崎さんは私より十歳年上の今年は八十五歳。私の兄貴分といったところでしょう。勝手にそう思いながら私は接して来ました。御無礼な話ですが私には不遜であったという反省はありません。私の家の納屋には、岡崎さんが編んで持って来てくれた藁製の手籠が今でも吊してあります。

福井駅発十時十分発敦賀行鈍行。知人とは改札口で待ち合わせ。知人ぎりぎりに来る。切符自動販売機上手く使えず。九百いくらの切符を往復買おうとするが、千二百いくらの切符一枚出る。千二百いくらの切符は要らないので私が払い戻しに行く。だんだん肚が立ってくる。もっと早く来い。

車窓から、王子保、南条、湯尾の駅舎を眺めます。いずれも岡崎さんのエリアです。今庄へは知人は来たことがあると言います。昔の話です。次が南今庄。これを知人は知りません。今庄の次は敦賀だと思っていたと言うのです。

「いいえ、北陸トンネルの入口に南今庄があります。窓から見えるのは柿の木ばかり」

南今庄は、下り線で帰って来ると、冬など雪がドカンと車窓に迫って来て乗客は悲鳴を上げます。北陸トンネルを境に国はこうも違うのか。又は、こうも違う国が背中合わせであることができるのか。

岡崎さんはコツコツと杖をついて現われました。私達は玄関脇の和室に案内されて、冷たいお茶などをよばれました。夫人は身軽な様子で何より救われました。「老々介護ですよ」と言われましたが、岡崎さんの不自由さにくらべると比較になりません。和室には、則武三雄や松永伍一の短冊、南信雄の色紙などが額に入れて壁に架けてありました。南の色紙は、岡崎さんの『極楽石』から何行かを採ったもので、これは岡崎さんの依頼を南が受けたものと思われます。南は自作を色紙に書いても、人の作品は書かなかったからでした。ただここでも岡崎文学の姿勢はあまりに明らかでした。彼は有名無名を問わず、ただひたすら自分と深くかかわりのあった文学者をかかげ続けたのだということ。こんなことは、八十路を過ぎた今となっては、潔癖で決定的なことであったといえるでしょう。

「腰が痛うての」

そう言う岡崎さんは、低い椅子にすわっていてもいかにも腰が具合悪そうに見えました。

「お医者さんからは、ずっと死ぬまで車椅子を覚悟しなければいけませんよ、とそれはそれはきついお達しがありましたが、ここまでになったんですよ」

これは夫人の弁。

今後の話になって、岡崎さんはいきなり延命策に話題を持って行きました。

「僕はね、延命治療を希望しようと思っている。せっかくこの世に生まれたんだから、一時間でも長く生きていたいと思う」

岡崎さんはこんなことをさらりと言いました。夫人、知人、私が証人です。期せずしてそうなったわけで、私達の誰もがこれに口を挟むことはできませんでした。そこで私はちらりと思ったのでしたが、これは、少なくとも夫人との間では了解事項であったのだと。

吉村昭の最期を岡崎さんが知らないはずはありません。吉村さんは生前から自分の延命治療については不要というのが持論でした。津村節子の『紅梅』に拠れば、吉村さんはいきなり点滴の管のつなぎ目を外すと、続いて、胸に埋めこんであったカテーテルポートを引き毟ってしまいます。駆けつけて来た看護師の手も力づくで振り払う。といった次第でしたが、岡崎さんはこれとは違うということであったと思います。明解なことでした。

岡崎さんの家は、敦賀市のど真ん中に畑があるような場所にありました。細い路地の奥です。近くに大手のマーケットがあり、洒落た喫茶店があり、敦賀駅まではタクシー無用。とても便利なアクセスで、逆に言えば、岡崎さんはここから労せずに何処へでも出られたのだと思いました。

以下は帰宅してから考えたことです。延命治療について本人は拒否していても、これをどの辺までと考えるかは医者と家族の問題になりますね。先の小説の夫は、カテーテルポートまで行った治療を延命治療と考えていた。だから引き毟った。それならそこへ行くまでに、無用である、と医者とか家族に言えばいい。そうすれば了解されただろうか。ここです。

津村さんは、吉村の取った行為を自死とみます。しかしそれは同時に自然死でもある。カテーテルポートを埋めてしまえば、今日ではいかに自然死がむずかしいかがこれでわかる。吉村さんはちがうと思い、ついに自分の意志を貫いたということではなかったですか。

七月三十一日
モロッコ豆は漸く終りです。この収穫は私の役目（となっています）。私が最も好む豆、という理由もありますが、一つ位は畑の仕事を私に割り当てて責任を持たせようという妻の意図がみえみえです。
妻はパプリカなるものを一個嬉しそうに収穫して畑から引き揚げて来ます。パプリカというのは、さしずめ巨大ピーマンとでも言っておきますか。ジャンボピーマンではその大きさに於て正確な説明ではない。とにかく呆れるほど巨大なピーマンなのです。
畑から収穫して来たばかりの時は、全身に赤い筋がすっと一本入っている程度なのですが、これを放置しておくと、二日目位にはその赤い筋の幅が広くなり、三日目位になると、赤い筋の幅は全身の半分近くを占める位になります。緑々していた全身が、だんだん赤くなって行くのです。赤と緑の中間色、小豆色の部分がみるみる赤に染まっていく。こうした日々の変化を見るのが又妻には楽しくて仕方がないらしく、勤めから帰宅して台所を覗くなり歓声を上げています。要するに、畑の好きな人間は、こうしたことも含めて好きなんでしょうね。好きの広がりが、私のように自分の食い気からだけ発する興味とはまるでちがうのですね。どっちの人間が上等かということになれば、それは自明でしょう。おそらくこの上等ということが出自や肩書きを超えるのでしょう。

八月一日

今日は朝から日差しが強いので、妻は梅干しを干す準備をしています。蔵から壺につけ込んであった梅干しを出して来て笊に拡げています。案外この梅干しを手作りする家族が多いですね。

主婦だけがやるのではなく、家中皆んな総出でやる。だから梅干し作りはその家の年中行事の一つになっている。暮れの餅搗きに似ています。

我が家の梅干しは昔は相当に塩辛いものでありました。祖母がやっていました。梅干しを大量に作る。沢庵を大量に漬ける。沢庵にしても夏を越させるわけですからこれも相当に塩辛い。私の母はこういうことをしませんでした。料理一般にセンスがなく、非常に下手でした。ちょっと珍しいくらいに。小寺の出身であった祖母にしても、料理が上手であったという記憶はありませんが、母に比べればましであったかもしれません。祖母はフライパンに油をしいてホットケーキを作ることができました。ガスなんかが無い時代ですから大変です。歯が一本も無かった祖母は、ホットケーキなら食べられたのでしょう。ふにゃふにゃという感じで食べていました。しかしこの祖母にしても、里芋の皮を上手に剝くことができませんでした。掘りたての里芋であれば、あの毛の付いた皮はつるりと剝けるはずなのですが、祖母の料理した里芋はぼけぼけのままで深鉢に収まっていました。今思うとどうにも不可解なのですが、むしろ一部皮を残して里芋の皮を剝くことの方が余程むずかしい。どういう加減なのですかね。人に言わせると、それは里芋の皮を剝いたことなどなく育って来た生い立ちがさせるのではないかと。これにはさすがに母親も一服してしまいました。

私は子供の頃から里芋の皮を剝いて来たためにとても得意です。知人の家の話ですが、その家では里芋の皮を剝くのをおじいちゃんが買って出るというのです。年を聞くと、私と同年齢であったのには驚きました。多分このおじいちゃんは、子供の頃から里芋の皮剝きをやって来た。だから誰にも譲れないのです。

さて私の母は梅の実を木から収穫する時期からして問題がありそうです。収穫の時期があまりにも早い。木で実が黄色くなるまで待てと言うつもりはないが、まだ実が大きくなる余地があるのであればそれまで待てと言う。

例えば稲刈りの時期について指導員から許可が下りない。まだ早いと言う。これを毎日のようにやいのやいのと言って許可を取りつける。やっと許可が下りたというわけですが、どう考えても何処かおかしいでしょう。本末転倒です。ものには適期というのがある。収穫は、早すぎても遅すぎてもいけない。これをせびりまくって二日か三日早い許可を取って来る。こんなふうに御墨付を取って来たところで適期が二、三日早くなったわけではない。適期は二、三日後がいいという実情は変らない。実情第一で行かなければならないでしょう。何事においても。これを外すと全てがおかしくなる。

梅の実にしても同じ。もう二、三日、もう一週間待てないか。そうすれば梅干しはぽったりしたものになる。種に皮だけの梅干しなんて聞いたことがない。

ホテルでもマーケットでも梅干しはぽったりしている。世の水準はこんな所にある。我が母ではありますが、母などは食べ物について吟味することを知りませんでしたね。

妻の干している梅干しはぽったりしています。実は弟夫婦が持って来てくれました。もうその段階で梅干しの八割方は出来上がっていることを私は知っています。今年の梅は大粒であると妻は言う。梅干し一個だけで、御飯一杯を食べたいと思うことが此の頃たまにあります。

八月六日

モロッコ豆が終ったことを前に書きました。実は私にまだ未練があって、もう一回取りたいので豆の棚を壊さないでほしいと妻に頼んだのでした。もう一回分ほどは何とか穫れる豆があるとにらんだからでした。まだ急いで棚を壊す理由もないので、私の要求はすんなり通りました。

今日はそれで最後のモロッコ豆を収穫しています。豆はさすがに終りに来ていて、普通の筴の半分もないような豆がかなりありました。

豆の棚は一列だけですが、裏表を見るために往復をします。不思議なものですね。そうして往復をすると、取り切れてなかった豆がよく見えて驚くことがあります。

青田を隔てて近くの家から木魚を叩く音が聞こえて来ます。

ポクポクポクポク
叩いているのは九十歳の老人です。二十年程も前につれ合いを亡くしました。

ポクポクポクポク
かなりきつい叩き方です。叩き方が慣れているといいますか。我が村で読経が出来るのは彼一人です。彼が亡くなると、読経が出来る者は誰もいません。従って木魚の音も、法事で僧侶でも来ない限り、この村で響き渡ることはないでしょう。

木魚の音に混って、蜩の鳴き声が山の方から流れて来ます。蜩の鳴き声はいっぺん心持ち途絶えます。そして又続きます。まるで輪唱のようです。この蜩の鳴き声には思い出があります。今日は八月六日ですが、盆に都合がつかないことがわかると、母はこの日の集まりに合わせて一泊二日の予定で実家へ帰りました。私にとってはおばあちゃんの家です。おばあちゃんはとても優しい人でしたが、私のお目当てはおばあちゃんではなくして叔父でした。彼は私と五つしかちがわず、私はおばあちゃんの家へ着くと真っ先に彼の部屋へ飛び込み、彼と一口もきかずとも、ただ彼と一緒にいるだけでよかったのでした。

しかしこの八月六日の寄りにしても、二泊三日の盆にしても、終れば私は家へ帰らなければなりません。何しろ酷暑の時期ですから、出来るだけ涼しくなってから帰ることになります。そうすると、この蜩の鳴き声が流れて来るのです。さあ帰ろう、という催促のようにも聞こえます。ですから、私にはこの蜩の鳴き声が聞こえて来ると、悲しくて悲しくて、寂しくて寂しくて、嫌で嫌でたまりませんでした。帰り際のいい思い出など一つもないのです。それから母と、二里の道のりをとぼとぼと帰って行ったのでした。このとぼとぼにしても、私はわざと腹立ちまぎれにとぼとぼと歩いた記憶があります。そんなことをしたところでどうにもならないことはよくわかっていたのでしたが、私の精一杯の抵抗であったのでしょう。

モロッコ豆の棚の反対側へ廻ります。ポクポクは佳境に入っています。蜩の鳴き声も一段と調子を上げて聞こえて来ます。それから五分も経ったでしょうか。ポクポクはいつの間にか聞こえなくなり、私はもう暫くモロッコ豆とつき合い、籠をぶら下げて家路につきます。蜩の鳴き声が途中まで私を追いかけて来ます。もうここまでくると、私をあんなに悲しませた蜩の声ではありません。叔父も認知症になり、私の頭をかすめるのはもろもろのぼんやりした記憶だけです。一度見舞わなければならないことだけはどうやらはっきりしています。私は漸くそんな所にしがみ付いて身体を支えます。

八月七日
真夏日が連続で四日とか。このところ我が家でも日中は休まる所がありません。Aさん。ご当地はもっときついのではないですか。ご当地は寒さも底冷えなら、暑さも並ではないでしょう。もう何年か前、この時期に京都で一泊したことがありました。日中外を歩くと項の辺りがヒリヒリする感じでした。これはいかんと降参して翌朝早々に京都を脱出し、田舎へ逃げ帰ったのでしたが、この時ほど我が片田舎が涼しいと思ったことはありませんでした。
私はいくつかの工夫をして日中をやり過ごしています。まず朝日の射し込む側の窓には簾を垂らす。そして扇風機を縁側の山側に置いて弱で廻す。つまり山からの微風を呼び込み、部屋にいて体感できるようにするわけです。窓はいずれも網戸ですから風は抜けます。風が抜けないと扇風機を廻していても辛い。部屋にエアコンはありますが来客でもない限り使いません。私は余程田舎者にできているのでしょう。自然風、がかなわなければ扇風機で代用する。此の頃の扇風機は、弱にさえしておけば音もしない。風が当たる所で昼寝をすれば何とか。そんな昔話は私には通用しない。ハンモックや、濡れ縁にセットしたリクライニングチェアで心地よく昼寝ができるのですから。

　ところで盆には孫共が来ます。孫は四人。よく似た年輩です。この騒動には身の置き所がない。私はどうやら子供達が好きでないらしい。これは比較して言うのですが、妻の兄、妻の弟達は孫達をコロコロして可愛がります。このコロコロしてという意味わかりますか。わからなくても察しはつくでしょう。多分それが意味です。子供を可愛がるという説明はできないものです。説明しようとなると嘘になるからです。無償、無私、といったことなどが、可愛がる方にないことにはコロコロは生じない。コロコロは気体のようなものです。何かこう、襤褸のようなものにくるんで赤ん坊を育てる心意気というか、そうしたことにどんな疑問も感じない人達がたしかにいます。残念ながら私はこの部類ではありません。考えてみると、そういう生き方は才能と言うしかありませんね。私にはそういう才がありません。

　盆は脱出です。とにかく家にいない。ベルタが頼りです。未知の道です。盆ですから、道という道はがらんとしています。まあこれにしても半日が限度ですかね。

　私には離れに書斎兼応接間がありますが、したがって此処にいれば雑音とは切れるわけですが、いくら何でも此処に終日いるわけにはいかない。トイレに行く。これが此の頃は非常に近く厄介なことになっています。コーヒーとかお茶を飲むためにキッチンへ行く。そうしたことが不断は気散じになるのですが、孫共がいると逆になる。考えただけでパニックです。

　それで田舎の老人は不機嫌で通そうと考えています。もう何年も前から孫共はこっちをうかがうような素振りを見せます。何だかわけはわからないが、煩い老人がいるというのもたまにはいいでしょう。傍若無人というのも野放しでは碌なことはない。

八月十日

Aさん。少し夜明けが遅くなりました。四時頃にならないと夜明けの感じが来ない。私は子供の頃から夜明けが好きでした。夜明けが来ると落ち着く。空が上の方からうっすらと青色に染まってくる。あの感じがたまらない。私はよほど農耕民族に出来ているのではないか。しかし農耕民族と違うのは、それから私は安心して、もう一息ぐっすり眠るということ。次に目覚めた時には空がすっかり明るくなっています。先刻夜明けと共に眠ったことが、これで報われた気がします。ここまで来るのにじりじり待たなくてもよかったわけで、何だか儲け物をしたような気分になります。

私が大学で受けた英文学の講義で教授はこんなことを言いました。自分は朝一番にシェークスピアの詩を読む。一番に読むのは新聞ではない、と。へえ、と私はその時は思いましたがよくわかりませんでした。今では彼に少し同情しています。彼も、朝をかけがえのないものとして考えていた。

四時十分前。只今夜明けの徴候があります。庭の木立と空との区別がかすかにつきます。下弦の月が出ています。星もいっぱい見えます。空模様は薄曇りか。

四時丁度。あまり変らず。さして変らず。とすると、空の明りは月明りだったのだろうか。

四時十分。東の空が明るくなって来ました。東雲ということでしょう。古代人の感性にすっと繫がっていることを感じます。

四時二十分。空全体が、木立や小屋の屋根をくっきりと浮かび上がらせています。空が急速に明度を増して、景色を置いてきぼりにしている感じです。

四時半。飛行機雲が東西に一本走っています。東の空がかすかに赤味がかって来ました。星は見えなくなりました。

四時四十分。油蟬が一匹鳴いています。鳴き初めなのか、鳴き納めなのか。鳴き声はきれぎれです。此の頃マーケットに桃が出ていますが、東の空が若い桃色に染って来ました。

四時五十分。蜩の鳴き声が聞こえて来ました。すっかり明るくなった裏山からです。鳴き声はまだリハーサルの段階のようで、暫くするとぴたりと止みました。

さあこれで私の暫しの微睡みのお膳立てが出来上がりました。私は安心しながら眠ります。目覚めた頃には、この片田舎もゆるやかに活動しています。私はぱちんと目を開け、一呼吸置いてがばっと跳ね起きることでしょう。一日の当ては何もないのですが、何もないなりに、これから何かが始まるかもしれないと考えることは、夢を見るようで、楽しみがふくらみます。

Aさん。又書きます。酷暑をやり過ごして下さい。流れ去れ忌まわしい過去達。

八月十四日

どうしても今日は墓地の清掃をしなければなりません。これまでずるずるのばして来たものです。人は死にますね。一方で我が母のように今度の誕生日で百歳です。市の表彰があります。昔は百歳の祝い金は百万円だった由。それがこの頃百歳が当たり前になって三万円也の由。五千円の噂はやっかみでしょうが。

自宅か、病院か、施設か。母は施設にいますが、受けるのは自宅にしようかしらと考えています。多分市役所は訪問時間を分きざみに決めてくるでしょうから、まずくるいがないと考えると、施設からの外出が一時間以内であれば、本人の負担も少ない。これでやれれば、弟妹、子供、孫共まで呼ぶことができる。紅白の饅頭を渡す。笹寿司のお持ち帰り弁当ぐらいなら出してもいい。本人が流動食しか食べられないのだから、本人を施設へ送り返した後とはいえ、酒などを飲むわけにはいかない。この話だと親族にも抵抗がないでしょう。もっとも役所が来る時間にもよるが、その辺はこっちの都合を充分伝える必要がある。

父親の時は表彰が二件あり、いずれも県庁におけるものでしたが、私が代理で出たもののすこぶる違和感のあるものでした。

進行は分きざみでした。集合、点呼、整列、入室と、実にこまかい分単位の進行があらかじめ決められていて、受賞者はそれに従って行動しなければなりませんでした。私の違和感の一番は、こうしたスケジュールに乗らなければならないことにありました。もうちょっと何とかならないか。こうしたスケジュールを立て、かけずり廻る有為な若い県庁の職員がいる。彼等を解放せよ。身分証明書か何か提示して、並べてあるものの中から本人に関係する分を持って帰ればよい。施餓鬼会の時の卒塔婆受け取りのやり方です。こうした発想は、セレモニーそのものを否定する所に繋がって行くのでしょうが、それはそれ、これはこれというわけです。何も挨拶までやめろというわけではないのですから。つまらんことを書きました。ご免なさい。

九月四日

只今、県立病院12F北病棟ラウンジにいます。昼は患者やら患者を囲む家族やら、付き添いの人達、見舞客などで、つかの間の休息所として賑わう所です。入院患者が、食事のお盆を持ち出して来て、ぽつんと一人食べている姿を見かけることもあります。今は誰もいません。たまに入院患者が自販機で飲料水を買う音が背後でします。呼び出しを受けて家を出て来たのが、夕食後だいぶ経った八時頃だったと思いますから、もう三時間はここにいることになります。丁度夜の十一時です。もう少しいて、何事もなければ、私は一旦家へ帰ります。病人の臨終を待つようなのは嫌ですからね。つい先程まで、妻も、弟もいました。彼等には引き取って貰ったわけです。入院しているのは義弟です。この春には、古稀のお祝いを私の音頭で皆さんに集まって貰ってやったばかり。義弟というのは、私の妹の婿殿なので、私は兄として、つまり出し方として、いろいろ気を遣うことがあるわけです。古稀のお祝いはかぞえでいくので、当人は現在満六十九歳です。これが後十年とまでは行かなくても、せめて七十半ばということであれば、仕方がないかということになるのでしょう。

今気付いたのですが、ラウンジのカウンターの上に、「県立病院から見える山々」というパノラマ写真があったので眺めています。嗚呼、これを眺めながら、一人で病気と闘う患者がどれほど慰められただろうかということを思いました。身内が来る。友達が来る。それはそうであっても、患者はとことん慰められるということはないですからね。彼らが帰ってしまえば、病気と自分だけが取り残されるわけでしょう。孤独ですよ。ずっと側に誰かがいたとして、彼らにしても眠っている時は話し相手になってくれない。こんなことは、いかに相思相愛であっても、「君は、君が眠っている間、僕が何を考えていたか知らないだろう」と言って相手を責めるのに似て、愚にもつかないことになるでしょう。

さて、山々のパノラマ写真です。白山、別山は冠雪しています。近在の山々にも雪をかぶっているのが見えるのですが、白山、別山は別格です。私はこの二座には数え切れぬ程登っています。白山、別山、三ノ峰コースです。そして鳩ケ湯で一泊。鳩ケ湯は鉱泉です。名称の由来は、説明しなくてもおわかりでしょう。

遠望ということでは、私は別山が気に入ってならない。何というか、華奢でないのですね。骨太の山ですよ。田舎者の感じです。白山の頂上はつるりとしているではないですか。これはある意味で富士山と同じ景観です。人工的に見えます。気味悪い。火山としてまだ風化していないからでしょうか。風化して後別山のようになるかということがありますが、白山は活火山の面影をまだ残している。そのために生々しいところがある。何処か変である。人間でも若者には何処か変なところがあります。山容があれに似ている。

この二座はその意味で極めて対称的です。白山、別山、三ノ峰のコースで私達は下山して来て鳩ケ湯泊。このコースが開かれたのは五十年位前のことで、鳩ケ湯の宿はもっと前からあります。知人の登山家は、高校生の時に岳友会にたった一人加わって、鳩ケ湯で赤御膳で飯を食ったことがあると言っていました。その頃の鳩ケ湯は何のための宿でしたかね。むろんそれから先の下小池、上小池には集落があり、焼き畑をやる人達がいました。しかしそんな人達が鉱泉を使うはずがない。堂々とした立派な宿ですから。最初鳩ケ湯は建物自体が道楽だったでしょう。そして又、道楽のために町の人達がたまに利用したのでしょう。

浄法寺山荘ではこんなことがありました。夜になって、鼠が声を上げて顔の上を駆け抜けるのには閉口しました。猫はそんなことはしないでしょう。朝目が覚めると、医科大生が捕獲した籠の中の鼠を色々観察していました。私の顔の上を駆け抜けた鼠も混じっていたかもしれません。

浄法寺山に並んで南丈競山があります。私はこの山に登ったことはありませんが、この山の読みが面白いと思いませんか。タケクラベ山と読みます。これと並んで北丈競山。次に峰をなすのが火燈山です。この読みはヒトモシ山です。パノラマ写真にはそのように仮名がふってあります。へえ、というわけです。仮名をふった人がほくそ笑んでいます。

どなたがこのパノラマの山々の写真をひらりと一枚持ち込んだのでしょう。いずれもラウンジの正面からくっきりと見える山々です。山好きの先生かな。看護師かな。感謝のしるしとして、或いはラウンジを卒業して行った患者さんかな。夜中の一時を回りました。私にしてもこれからどうするか考えます。ラウンジの窓から見える国道8号線を走る車のライトがめっきり減りました。

九月十八日

義弟は駄目でした。安全保障関連法案の国会審議が佳境を迎えていた時です。一方で戦争法案がいずれ参院本会議を通過し、公布、施行にいたることが確実になった時、一方で戦争経験をしたことがある一人の男が死んだわけです。ここで私が戦争経験と書くのは、彼の経験した戦後のしたたかな飢餓こそ、彼の戦争経験であったと考えるからです。彼はそんなことを一度も声を大にして語ったことはありません。しかしノーベル賞を受賞した同世代の科学者が、「食い物の飢えが戦争であった」と語っているのをテレビで観た時、嗚呼この人の飢えは本物であったんだということをつくづく感じました。こんなふうにして人は怒りの声を上げるべきだとも思いました。

義弟は平凡な会社員で、管理職にも就かなかったかわりに、定年後も、中国やタイへ請われて長期の出張を重ねていました。そんなことから、彼の入院中も、家族は海外へ長期の出張に行っているのだと錯覚して、深刻に考えなかったのだと言います。

彼は村の仕事、寺や神社の仕事、民生委員や社会福祉協議会の仕事などを一手に引き受けてやっていました。彼のやり方はおざなりではありませんでした。例えば神社の御神輿が何年も廃れていたのを復活させるといった事業を推進したりしました。そうしてこう言い放ちました。

「どうも若いもんはいかん。寄り合いの後の村の酒席でも、時間のある人はどうか残ってもらって、話に花を咲かして下さいと言っても、ほとんど帰りますね。私らの時は、そんなこと言われなくても残ったもんです」

私はこれについては意見をしたことがありましたが、彼は反論しませんでした。今更反論でもあるまいと考えたのかもしれません。

安保法案の是非についてはいろんな論議がありました。そこにこんなことがありました。

「戦争は、防衛を名目に始まる」

「戦争は、すぐに制御が効かなくなる」

「戦争は、始めるよりも終えるほうが難しい」

「血を流すことを貢献と考える普通の国よりは、知を生み出すことを誇る特殊な国に生きたい」

これは、京大の若い学者が、大学の教室で持たれた緊急シンポで読み上げた声明の由。これらの外にもまだいっぱいこうした文言で綴られる彼のアフォリズムがあるのですが、私のニュースソースは新聞に拠っています。これをホームページに載せると、ツイッターなどを通じてネット空間に拡散したと新聞は報じています。

ただ私は、これらのアフォリズムに接してこんなことを思い出したのです。竹内好の文章です。探し出して来ました。

「六〇年五―六月の事態をただちにファシズムと規定するのは、過敏反応であって、学問的にも正しくないという批判は成り立つだろう。私はそういう批判をたくさん浴びた。それにもかかわらず、私は当時の事態を兆候としてのファシズムと規定せずにはいられなかったし、その規定について今でもまちがっていたとは思っていない」(「戦争体験の一般化について」)と竹内は書き、これに続けて次のように言うのです。

「私の記憶でのファシズムは、一寸きざみの、時には後退を伴うジグザグの進行を示すものであって、そのどの段階も危険であるし、また、どの段階でも防止手段が皆無ではない」(「同前」)

似ていますね。瓜二つとまではいかないにしてもマクワ瓜とキンカン位。これが五十年前。しかしこのことを誰も言わないのが私にはとても不思議です。竹内はあの時都立大を辞めました。書いている通りです。マスコミもそのことを大々的に報じました。それから五十年経って若い学者のアフォリズムが私達の前に置かれました。そうすると、この五十年間は何だったのか。戦後七十年ということが言われますよ。もうそれだけで充分総括の単位です。人間の一生の時間ですもの。安保から五十年も同じです。それとも、たかが五十年というわけですか。

私は、今度のことでも、竹内のこうした発言がとても気になりました。特に政治の季節は、私はむしろ、良識があると信じて事態をやり過ごすことが一番いけないのだと考えます。後にかける期待といいますか、まさかそこまで行くまでには世間も黙っていまいというか、要するに他者に良識を預けてしまう一種のズルが、事態を取り返しのつかない所へ追い込んでしまうのだと考えるのです。これを一億なら一億の人間がやったら、もうそれは立派な風潮、世論の形成というものでしょう。

しかし今回は随分と言葉による火の手が挙がりました。報道されないデモは全国に広がりました。多くの、多様な発言もなされました。しかし相手は聞く耳を持ちませんでした。これはいつでも、どんな場合でも同じ。今後どんなアフォリズムが生まれますか。多数が、多数決で押し切ったのです。

九月二十五日

クリニックへ行って来ました。二カ月に一度の定期検診です。不景気な話が続いているのですが、一度はきちんと私の病気についてもお知らせしなければと思っていました。

クリニックにおける検診の項目は二つです。一つは糖尿病、一つは高血圧です。私の場合、糖尿病が厄介なことになっています。むろん血糖値を下げる薬や、血圧を下げる薬はちゃんと服用しています。血圧を下げる薬などは二種類もありますから、毎日朝食後三種類の錠剤を飲むわけです。最初医者は、薬のポケットカレンダーを作ろうかと言ってくれたのですが、私は冗談ではないと答えました。

きて、私のヘモグロビンＡ１Ｃは7.0です。高い。これは、6.5、6.7、7.0と上がって来て、7.0は前回と同じで二度目ということになります。「7.0に入ったら考えましょう」と言っていた医者が、「何、これは年齢と同じ数字まではということですから、まだありますよ」と言うのです。前回はどう言われたのか忘れました。どう考えてもこの主治医は寛大ですよ。しかし私は助かりました。よおし、今度こそプールへ行って歩いてやるぞ、と覚悟したのですから。彼は名医です。運動公園を歩くだけでは駄目です。金がかかっていない。したがって欲が出ない。

Aさん、私が本当にお知らせしたかったのはこんなことではありません。血液検査のために採血をしますね。近頃の看護師は皆さん上手で、「痛かったらご免なさいね」と針を刺す時言うのですが、痛かったためしは滅多にありません。「チクリといきますよ」と言われたこともありますが、チクリともしない。天晴ですよ。

そして次が私が本当にお知らせしたかったことです。採血する時に血管を探りますね。私の血管は老人になってから何処にあるのかどうかわからなくなった。右も左も同じです。看護師は苦労します。今度の看護師は、指で血管のありそうな所を静かに触ります。「大丈夫ですか」、「大丈夫です」。やりとりはこんな所です。聞いたのは私。自信満々の感じ。さあ、その彼女の指の感触の何とも柔らかいことったらありません。お餅のようです。指の裏を一度見せて下さい。と思わず言いそうになってぐっとこらえました。私はちらりと看護師の指を見ました。小さなかわいらしい指が動いていました。赤ちゃんの指のようでした。

十月五日

富山の骨董市へ行って来ました。前日に行って娘の婿殿と酒を飲み、例によってホテルに泊り、翌朝早く娘の車で会場の護国神社の境内まで送って貰いました。二人の孫達も一緒です。孫共の御小遣いは一人五百円。

娘は骨董市へはカンテラをともしていく主義ですから、孫達はバネのように跳ね起きたらしいのですが（時間に起きなかったら置いて行くというのが母親との約束）、私と妻は電話で起こされてどうにも寝不足です。慌ててホテルの玄関へ出て行くと、孫達は宿泊合宿用の上下のカッパを着て車に行儀よくおさまっています。生憎雨模様です。

さすがに会場には人影が少なく、まだテントを伏せたままで待機している業者もいます。ただ野菜売り場はどのテントも繁盛しています。私は傘をさしながら、雨宿りをしていても仕方がないので立ち上げているテントを覗いて歩くことにしました。

以前に較べると、どのテントも品薄の感じがしました。書画にしても、陶磁器にしても、以前はもっと沢山あり、一つのテントを見終るのに時間がかかり、半日では間に合わないかもしれないと思ったほどでした。ガラクタを持ち込んで威勢のいい声を張り上げていた男の品物が、ガラクタの残り物のような感じになり、角刈りの男の顔も一回り小さくなってしぼんで見えました。

銀杏の大樹の下でテントを構えずに「赤い鳥」を売っていた老人は今年はいませんでした。その場所には銀杏の実が足の踏み場もない程に落ちていて、人々はそこを避けるために跳ぶように通過して行きます。古雑誌やら、ポスターやらを売っていた老人の店は、富山の骨董市では知識の府のような感じで、それなりに人が覗いていました。ただ、昨年の印象でも、次年度は危ないかなということはありました。彼の持って来ている品物が先細りして見えたからでした。「赤い鳥」にしても、何だか手許にあるものを掻き集めて来た感じで、商品というより私物の処分を思わせるものでした。

相変らず元気だったのは木製品を並べている小柄な男のテントでした。神社の鳥居のすぐ下ですから威張ったものです。骨董市では数少ない古株でしょう。今年は、赤やら青やらの造花をいっぱい台の上に立てて彼は忙しくしていました。造花は商品ではないので、可愛らしい彼の宣伝です。彼の性格の側面でしょう。私はここで橡の木の盆を買ったことがありました。盆の意匠そのものは何の変哲もないのですが、材が橡の木であったのでついふらふらっとなったのです。定価は六百円。橡の木に油のような染みがあったので私は五百円で交渉しました。煎茶茶碗五個位入る中振りの白木の盆です。男は黙っていました。その内別の客が来て男はその客の応待に入りました。私は彼に向かって「五百円ここに置くよ」と怒鳴るように言い、橡の木の盆をせしめました。家に帰って改めて商品を見ると、大したものでないように見えてがっかりしました。

さて野菜売り場です。このいくつかのテントは、雨天にもかかわらず人だかりしていていずれも繁盛していました。むろんどのテントも、野菜の他に林檎やら梨、小振りの甘柿やらを売っていました。ここでの林檎や梨がはたして地場産のものであるのかどうかはわからないのですが、客の人気は、圧倒的に葱でした。葱の値段を較べるために、他のテントを廻って戻って見ると、いい葱は無くなっていました。新聞紙に包んだ葱の束を持ち歩く人の姿が目立つようになります。テントの葱は、市価の半値以下で売られていましたから人気抜群です。

私が驚いたのは、野木瓜を売っているテントがあったことでした。このテントの野菜は、蕪にしても大根にしても大したことはありません。蕪なんかには黒い斑点が点々とあったりして表面がつるりとしていません。これは多分土壌のせいでしょう。

土壌がいわゆる山土であったりすると、根菜類はパッとしません。成長の過程で傷が付くのです。つまり野木瓜を売っているテントは、山から出て来たテントに間違いありません。値段が付いてないせいもあって御婦人が親爺に聞いています。彼女は三個付いている野木瓜をつまみ上げています。立派な野木瓜で、その房の一つは実がきれいに割れていて中の白い果肉がのぞけて見えます。

「六百円」

親爺は表情一つ変えずにそう答えました。

彼女は静かに野木瓜を元の台に戻しました。私は彼女にどっと同情しました。彼女の出身は山里なのでしょう。そして子供の頃あの白い果肉を口にしたことがあったのでしょう。この果肉が種なしであったらどんなにいいだろうと思いながら。

親爺さんよ。せめて一房三百円にしないか。一個百円。三個で六百円は暴利というもんだぜ。

Aさん。あなたへの通信をやめようと思います。あなたからのお便りがずっとないからです。あなたの体調がよくないのだと思います。そんな所へ私の通信が許可もなく行くのは嫌です。あなたの最後のお便りは長い長いものでした。そして途中で体調が悪くなって来たのでペンを擱くというものでした。私は後悔しました。あなたはひどく無理をして、私にお便りを下さっていたことがわかったからでした。

杉堂では、昨日あたりから、柿の葉がカラカラと音を立てて庭に舞っています。迂闊にも、それまで柿の葉が色付き、落葉していたことなどつゆ知らずにいたのでした。私も年をとりました。我が晩年は、決してまたたく間に過ぎ去るというものではありませんでした。むしろ五年が十年にも相当する位の、中身のいっぱい詰まった、気持の休まることのない夢中の時間でした。ただ寂しい。はっきりした理由はわかりません。昨日も旧友から電話がかかってきました。彼は施設にいる細君の部屋に終日詰めているのだそうです。その彼が、私の元気を知って、よかったよかった、嬉しいと言います。何度も電話をするのだが、いつも君はいない。それでもしやと心配した、という訳です。先程も書きましたように、私はほとんど家にいます。そんなことも、寂しいうちに入ります。

あなたへの通信をやめようと思うと書きながら、未練がましく続けているものですから、あなたをなぐさめるどころか私にかまける内容になってしまいました。これがいけないのだと思います。そんな話誰が聞きたいと思うか。一方的なお喋りをする人は、それを一方的だとは絶対考えない。もうそうなったらお終いですね。Aさん。五時近くになりました。まだ外は暗い。一眠りします。そうすると、目覚めた時には夜が明けていますからね。私はそんなふうにして、今日も最後の眠りに就くのです。おやすみなさいAさん。おやすみなさい、あなたを囲む人達。

初出

「杉堂通信」　「青磁」33号　二〇一四年八月
「続杉堂通信」　「青磁」35号　二〇一五年十二月

定 道明（さだ みちあき）
一九四〇年福井市に生まれる。金沢大学卒。詩、評論、小説。
主要著作
『薄目』（編集工房ノア）、『埠頭』（詩学社）、『糸切歯』（同前）、『朝倉螢』（紫陽社）
『中野重治私記』（構想社）、『『しらなみ』紀行』（河出書房新社）、『中野重治伝説』（同前）、『中野重治近景』（思潮社）
『昔日』（河出書房新社）、『立ち日』（樹立社）、『鴨の話』（西田書店）

杉堂通信《さんどうつうしん》
二〇一六年五月一日発行
著 者 定 道明
発行者 涸沢純平
発行所 株式会社編集工房ノア
〒五三一―〇〇七一
大阪市北区中津三―一七―五
電話〇六（六三七三）三六四一
FAX〇六（六三七三）三六四二
振替〇〇九四〇―七―三〇六四五七
組版 株式会社四国写研
印刷製本 亜細亜印刷株式会社

ISBN978-4-89271-252-4

巡航船　杉山平一

名篇『ミラボー橋』他自選詩文集。青春の回顧や、家庭内の幸不幸、身辺の実人生が、行とどいた眼光で、確かめられてゐる（三好達治序文）。二五〇〇円

わが敗走　杉山平一

〔ノア叢書14〕盛時は三千人いた父と共に経営する工場の経営が傾く。給料遅配、手形不渡り、電車賃にも事欠く、経営者の孤独な闘いの姿。一八四五円

三好達治風景と音楽　杉山平一

〔大阪文学叢書2〕詩誌「四季」での出会いから、自身の中に三好詩をかかえる詩人の、詩とは何か、愛惜の三好達治論。一八二五円

佐久の佐藤春夫　庄野英二

佐藤春夫先生について直接知っていることだけを書きとめておきたい——戦地ジャワでの出会いから、大詩人の人間像。一七九六円

少女裸像・猫とモラエス　庄野英二

結核で早逝した画家中村彝とモデル俊子の愛。愛する二人の日本女性を失った異邦人モラエスの愛と孤独。庄野英二が情念を注ぐ二つの戯曲。一八二五円

日は過ぎ去らず　小野十三郎

半ば忘れていた文章の中にも、今日の状況の中でこそ私が云いたいことや、再確認しておかなければならないことがたくさんある（あとがき）。一八〇〇円